직장인의 할 말은 하는 유머 에세이

사표를 날렸다,
글을 적는다.

박경식 지음

상황은 바꿀 수 없지만, 기분은 바꿀 수 있다!

"나는 강한 사람에겐 강하게, 약한 사람에겐 약하게, 즉 강강약약(强强弱弱)의
신조로 산다. 윗사람에게 대들 때와 아랫사람에게 잘해줄 때 같은 질량의
희열을 느낀다. 그때도 역시 그랬다. 실적은 꼴찌를 할지언정 사무실
분위기만큼은 희희낙락 박장대소였다." -본문 중에서

사표를 날렸다.
글을 적는다.

30년차 직장인의 할 말은 하는 유머 에세이

박경식 지음

직장생활이 인생의 전부인 양 살면 내가 누군지 나도 헷갈리게 된다.

자신의 정체성과 개성을 잃지 않게끔 항상 신경 써라.

삶에는 분실물 센터가 없다. 잃어버리면 찾을 수 없다.

차례

저자소개

박 경 식

    30년간 다닌 회사를 퇴직하고 인생 제3라운드를 준비하고 있다. 소풍 온 지구를 한 바퀴 돌아보겠다는 꿈을 안고, 지금은 제주를 여행 중이다. 그 여정의 기록은 물론, 추억 이야기, 새로운 시선을 담은 일상 이야기 등을 블로그에 남기고 있다. 삶의 어려운 순간이 오더라도 그 순간을 재치 있게 풀어내고 싶다.

프롤로그

제출하다. 이 단어는 너무 반듯하다. 하라고 하니 한다는 어감이다. 마음에 썩 들지 않는다. 쓰다. 이건 감정이 담겨있지 않다. 던지다. 이건 무례하게 들린다. 날리다. 음, 주도하는 어감도 있고, 생소한 느낌도 살짝 있네. 좋아. 이걸로 하자. 사직서. 조선시대 느낌이다. "소신, 사직을 청하옵니다." 내가 뭐 그리 중한 인물도 아니고. 날리기에는 어감이 무겁다. 사표. 음, 좋네. 가벼운 느낌이라 날리기 좋겠어. 난 사표를 날렸다. 완벽한 문장이군.

태어나서 처음이자 마지막으로 사표를 날렸다. 29년을 한 회사만 다녔다. 30년 채우면 순금 메달을 주는데, 일 년 모자란다고 안 준단다. 금 부스러기라도, 정 안 되면 18K라도. 좀 구차해 보이나. 그래, 멋지게 헤어지자. 회사, 그동안 고마웠다. 나는 최선을 다했고, 그대도 월급 제때 주었으니 깔끔한 계약 관계였다. 서운한 것도 있으나, 내 능력 이상으로 날 대우해 준 적도 있었으니 그걸로 샘샘(same same) 퉁 치자. 내 젊음을 같이한 회사여. 더 크게 성장하길 기도하마. 진심이다.

드라마를 보면 가슴에 품은 흰 봉투를 멋있게 꺼내 상사에게 탁 내미는 장면이 있다. 그 흰 봉투에는 멋진 한자로 〈辭職書〉라고 쓰여있고. 그거 다 뻥이다. 첫째, 한자가 너무 어렵다. 저걸 손으로 쓴다는 건 가(可)하지 않다. 둘째, 회사 양식이 따로 있더라. 게다가 쓸 게 뭐 그리 많은지. 서약서에 동의서에 내참 손가락 쥐나는 줄 알았다. 삶은 배움이다. 사표 날리다가 별걸 다 배웠네. 드라마는 모름지기 디테일인데, 어찌 그리 허술하게 만드는지.

손에 쥔 것을 놓지 않으면 다른 물건을 어찌 잡을 것이며, 떠나지 않으면 다른 곳에 감히 닿을 수 있을 것인가. 정년까지는 아직 몇 해 남기는 했지만, 때를 아는 것이 용기라 생각하고 결단을 내렸다. 동가식서가숙(東家食西家宿)할 계획이다. 천하를 주유(周遊)할 것이다. 베짱이처럼 딩가딩가 놀 것이다. 스무살까지를 1라운드, 직장 생활까지를 2라운드라고 보면, 지금부터 시작하는 인생 3라운드는 하고 싶은 대로 막 할 것이다. 다행히 아내가 동행한다니 든든하다. 우리 부부는 백신 미접종자라 코로나 상황도 지켜볼 겸 첫 거처는 해외가 아닌 제주로 정했다. 직장 생활의 장점 가운데 하나가 강제 금주다. 출근해야하니 술을 참는다. 퇴직하면 낮에도 밤에도 좋아하는 술만 마실 것 같다. 퇴직 기념으로 술을 끊었다. 술값으로 잘 먹고 잘 놀자꾸나.

소풍 온 행성 지구에 대해 그동안 책으로, TV로, 다녀온 이들의 글과 말로만 전해 들었다. 내 친히 겪어 볼 요량이다. 킬리만자로에 표범이 진짜로 있는지, 예멘 모카커피가 정말로 그리 맛나는지, 마추픽추까지는 걸어서 갈 것이고, 캐나다에 가서 시럽도 먹어볼 것이다. 물론 내 나라도 더 구석구석 다녀야지. 주식을 매도했을 때 느낌이다. 잘 한 것인가, 더 오르면 어쩌지, 기왕지사 날린 사표이니 거둘 방법이 없지 않은가. 버스는 지나갔다. 앞으로만 가자. 사표를 쏭 날렸다. 바람을 타고 멋진 곡선을 만들며 저 멀리 사표가 날아간다.

chapter 1

직장
생활

나의 인생 선생님, 콜센터 사람들

중국에서 귀국했더니 자회사 인사부장으로 가란다. 가라니 가는 거지만, 뿔따구가 났다. 만주 벌판을 휘저으며 기똥찬 활약을 펼친 나를 왜 자회사로 보내는 거지. 훌륭한 글로벌 인재를 이리 막 대할 수 있다니. 겨우 시동이 걸린 자동차가 시커먼 매연을 내뿜으며 털털거리는 것처럼 푸념을 늘어놓으며 자회사로 갔다. 딱 2년만 있으란다. 다시 불러준다고, 손가락은 걸지 않았지만 회사는 약속을 했다. 나는 그 약속을 믿었다. 순진하게도.

콜센터, 어찌 비유를 해야 쉽게 이해가 될까? 전화를 하는 곳, 전화를 받는 곳. 둘 다 맞다. 전화를 하는 것을 아웃바운드(outbound), 전화를 받는 것을 인바운드(inbound)라고 한다. 아웃바운드는 주로 영업을 목적으로 하고, 인바운드는 고객이 문의하는 것을 알려주는 일을 한다. 내가 간 자회사는 인바운드로 고객과 상담하는 업무를 했다. 잔잔한 바다가 폭풍이 몰아칠 때는 산더미 같은 파도를 만들 듯 콜센터에 전화가 몰려

올 때도 그랬다. 월요일과 연휴가 끝난 첫날은 특히 심했다. 고객 대기 숫자가 전광판에 보이는데, 대기 고객이 늘면 붉은색으로 표시된다. 예나 지금이나 붉은색은 싫다.

적응이 쉽지 않았다. 전혀 경험하지 않은 업무라서 모든 것이 생소하기도 했거니와 초장에 이미 심사가 뒤틀린 탓에 열정도 케이크에 꽂힌 촛불처럼 간당간당했다. 어느 날, 퇴근하고 회사 근처에서 술을 마셨다. 술을 꼬부랑탱이가 될 정도로 마시고 집으로 가는 길에 무슨 바람이 불었는지 회사로 발길을 돌렸다. 회사 3층에 있는, 다들 퇴근하고 아무도 없는, 텅 빈 콜센터를 돌아보다가 그만 울고 말았다. 술을 마신 탓인지, 호르몬 변화가 찾아오는 나이 탓이었는지는 아직도 미스터리이지만, 사람이 아닌 일로만 삶을 바라보았던 나는 주룩 눈물을 흘렸다.

텅 빈 책상을 보는데 너무 작았다. 사람들이 콜센터 부스를 닭장이라고 부르는 이유를 그제야 알았다. 책상 위에는 로션이며, 연필이며, 당 떨어지면 먹을 과자며, 마모된 낡은 칫솔이며, 뭐 이런 것들이 가득했다. 그 좁은 책상에 말이다. 무릎 나온 해진 츄리닝 바지를 입은 아내를 볼 때처럼 싫었다. 삶이 무거워 보여 슬펐다. 책상 앞 칸막이에는 은행잎 같은 것들이 빼곡히 붙어 있었다. 시커먼 모니터에도. 노란 포스트잇이었다. 거기 쓰인 글이 또 나를 울렸다.

"힘내자."

"고객 말을 자르지 말고 끝까지 듣자."

"평가에 신경 쓰자."

"인센티브를 놓치지 말자."

"다른 사람 콜을 들어보자."

"하루만, 딱 하루만 무사히."

"착한 고객은 왜 전화를 안 하나?"

책상 밑에는 슬리퍼에, 겨울 부츠에, 찌그러진 우산에, 둘둘 만 쇼핑백에, 징글징글하게도 방을 치우지 않았던 처녀 때 누이를 보는 듯했다. 울컥했다. 하루에 평균 100통, 한 통에 3분만 잡아도 300분, 쉬지 않고 매일 5시간 이상을 말을 한다. 토킹 타임(talking time)만 그렇다는 말이다. 이 좁은 곳에 앉아서. 화난 고객에게 시달리다가 통화가 끝나면 바로 이어서 아주 밝고 명랑한 목소리로 걸려온 전화를 받는다. 마음을 이리 조절하는 것이 어찌 쉽겠는가, 이 어려운 걸 다 해낸다. 아내로, 엄마로 살아내야 하는 삶이니까.

그때 나는 대오 각성을 했다. 나는 누구인가? 나는 이들의 인사부장이다. 이들은 누구인가? 이들은 나의 선생님이다. 이 깨달음은 나를 몰입하게 했고, 덩달아 나이만 든 어른으로 늙지 않게 만들어 주었다. 콜센터 사람들은 꽃처럼 아름답다. 목소리는 얼마나 낭랑한지 아는가? 은쟁반에 옥구슬 굴러간다. 그들은 아는 거 무지하게 많다. 지식 대장이다. 그러니 고객들이 뭘 물어도 척척박사처럼 대답하지 않는가? 사는 건 또 얼마나 억척스러운데. 술, 거의 고래다. 힘드니까. 아주 작은 것에 감동하고, 웃기지도 않은데도 막 깔깔거리고 그런다. 소녀들처럼.

거기 얼마나 있었냐고? 2년? 자그마치 6년하고도 6개월 있었다. 내 인생에 가장 행복했던 시기였다. 그곳을 떠날 때 주책맞게 질질 울까 두려워 야반도주하듯 도망 왔다. 멋지게 작별 연설도 하고, 악수도 하고 그러려고 했는데. 지금도 많이 보고 싶다. 나의 멋진 인생 선생님이었던 콜센터 사람들. 나는 사람들이 내 스승들을 전문가로 대접하고, 존중하면 좋겠다. 소원이다.

나의 선생님들, 콜센터 사람들 힘내라고 이런 것도 했었다.

이들은 누구인가? 이들은 나의 선생님이다. 이 깨달음은 나를 몰입하게 했고, 덩달아 나이만 든 어른으로 늙지 않게 만들어 주었다. 콜센터 사람들은 꽃처럼 아름답다. 목소리는 얼마나 낭랑한지 아는가? 은쟁반에 옥구슬 굴러간다.

톈진(天津) 사람들

우리나라로 치면 딱 인천이다. 서울에서 떨어진 거리며, 바다를 낀 항구며, 고만고만한 공장들이 있는 모양새 하고. 그래서 나는 톈진을 잘 모르는 사람에게 인천을 들어 설명한다. 베이징 지점장을 성실히 수행하고 있는 나에게 회사는 톈진에 가서 지점을 만들라는 참 희한한 결정을 통보했다. 사무실도 없고, 당연히 직원도 없는, 도시는 왜 그리 허허벌판처럼 느껴졌는지, 톈진은 억지로 볼거리를 꼽으라면 꼽겠지만 실상 볼 게 그다지 없다. 패키지여행으로 중국 톈진 갔다 왔다는 사람 본 적 있으면 손들어 보시라.

사십 대의 나는 담배 끊는 것이 취미였다. 일주일 끊었다가 피고, 석 달 끊었다가 피고, 그러다가 육 년을 끊고 안 피던 시절이 딱 그때였다. 그랬는데, 금연에 거의 성공하려던 바로 그 시점에 나는 지점을 개설하느라 다시 담배를 피웠다. 그만큼 힘들었다. 지점 인가가 나고, 사무실을 구하고, 직원들을 채용하고, 호텔에서 개업식도 했다. 그렇게 한숨 돌리는가 했는데, 회사는 바로 그때부터 실적을 챙기기 시작했다. 달리는 말에 채찍질한다나 어쩐다나. 똥 눈 놈 주저앉힌다고, 아내가 병이 났다. 밤새 중국 병원 응급실을 돌아다니다 다음날 첫 비행기로 한국에 가서 수술을 했다.

톈진 사람들은 자기들은 죽어도 톈진런(天津人)이라는 자부심을 가지고 있다. 수도 베이징과 가깝지만 베이징 사람은 아니라는 말이다. 내가 보기엔 다 거기서 거기 더만. 하여튼 그들은 그랬다. 내가 개설한 톈진 지점에는 톈진 사람과 외지 사람이 반반이었다. 밥이라도 먹을라고 하면 다들 자기 고향이 어떠했다 저떠했다며 아웅다웅 대거리를 해댔다. 나도 질세라 한국은 말이야, 하면서 기를 쓰고 끼어들었다. 국수를 한 그릇 먹어도 자기들 고향에선 요리를 다르게 한다며 떠드는데 안 가봤으니 알 길이 있나. 한국 하나, 톈진 다섯, 청두 하나, 쿤밍 하나, 지린 하나, 허베이 하나, 이렇게 열 명이 낄낄대며 살았다.

나는 강한 사람에겐 강하게, 약한 사람에겐 약하게, 즉 강강약약(强强弱弱)의 신조로 산다. 윗사람에게 대들 때와 아랫사람에게 잘해줄 때 같은 질량의 희열을 느낀다. 그때도 역시 그랬다. 실적은 꼴찌를 할지언정 사무실 분위기만큼은 희희낙락 박장대소였다. 윗사람들은 사물을 보는 눈이 언제나 나와 딴판이다. 여태껏 단 한 번도, 단 한 명도 관점이 나와 같은 윗사람은 없었다.

"사무실 분위기 좋지요?"
톈진에 출장 온 윗사람에게 은근 자랑하듯 말을 건네면 대뜸 짜증 섞인 답변이 날아왔다.

"당나라 군대 같아. 정신이 없어. 기강은 애초에 있지도 않았던 것 같고."

그래도 난 꿋꿋했다. 사는 게 뭐 별것인가. 그러던 어느 날, 난 처음이자 마지막으로 직원들에게 화를 냈다. 점심시간이 훌쩍 지나도 사무실로 들어오지 않아 텅 빈 그들의 자리를 노려보면서 적벽대전을 앞둔 양 결의를 다졌다.

'흥, 근무시간을 안 지키시겠다. 두고 보자고'

반성의 기미는 눈곱만큼도 없이 예의 사무실 분위기 그대로 희희낙락거리며 톈진 다섯, 외지인 넷이 사무실 문을 열고 들어왔다. 싸움은 초장에 끝내야 한다. 적이 채 준비하지 못하고, 방심하고 있는 그때를 놓치면 싸움은 끝장이다. 나는 무방비 상태인 그들을 향해 입 포(砲)를 날렸다. 흥분하니 중국어가 막 헷갈렸다. 꿋꿋하게 당황하지 않고, 공자의 인(仁)에서 시작해서 미래에 어떻게 살아야 하는지까지 완벽하게 포격을 퍼부었다. 전멸이었다. 그들은 조용히 머리를 숙이고, 컴퓨터 속으로 들어갈 듯 모니터만 응시했다. 강강약약의 신조가 깨진 순간이긴 했지만, 짜릿한 승리의 쾌감도 나쁘진 않았다.

의기양양 퇴근해서 집 문을 열고 들어서는데, 현관에 과일이며 과자며 이상한 물건들이 소복하게 쌓여 있었다. 우리 집에서는 거의 사지 않는, 포장지에 중국어가 가득한 제품들이었다. 희한했다. 수술 마치고 며칠 입원하고 나서 전날 밤 막 텐진으로 온, 딱 봐도 아픈 사람처럼 눈 크고 얼굴 동그란 아내가 나를 맞으며 말했다.

"낮에 점심때 사무실 식구들 왔다 갔어요. 병문안이라고 저거 사들고. 내가 몸이 불편해서 점심도 대접 못했는데, 시간 없다며 다들 점심 굶고 사무실로 갔을 텐데."

나는 현관에 방치되어 있는, 어느 예술가가 그리면 작품이 될 것만 같은 오렌지주스며, 빵이며, 전병 같은 물건들을 바라보았다. 눈물이 날 것 같아 아픈 아내에게 버럭 소리를 질렀다.

"왔다 갔으면 나한테 전화를 했어야지."

두 해가 더 지났다. 임기를 무사히 마치고, 한국으로 귀임하기 전에 직원들과 환송 회식을 했다. 만감이 교차했다. 술이 달았다. 아쉬움 반 시원함 반이었다. 남들은 주재원 팔자 풀렸다고 하지만, 남의 나라에 사는 게 그리 만만치는 않다. 여행 온 거라면 몰라도. 직원들이 선물을 준비했고, 한마디씩 돌아가며 소회를 밝혔다. 중국 사람들은 교육 과정 때문인지 자아비판 비슷한 발표 같은 거 정말 잘한다. 그때, 내가 절대 자가용 사지 말고 돈 아끼라고 신신당부했음에도 고향 갈 때 보란 듯 타고 갈 거라며 몰래 차를 산 왕밍(王明)이 주저하듯 입을 뗐다.

"피아오 종(朴을 중국어로 피아오라 하고, 종은 總으로 총경리를 줄인 매니저란 뜻이다. 박 지점장이란 말이다), 언젠가 우리가 점심시간에 사무실로 늦게 돌아왔을 때 막 뭐라고 했잖아요? 그때 무슨 말을 한 거예요? 우린 하나도 알아듣지 못했거든요. 너무 화를 내서 물어볼 수도 없었고요. 공자(孔子) 뭐라고 한 것 같은데."

아, 다들 나보고 이실직고하라는 눈으로 날 쳐다본다. 그랬었구나. 나의 그때 그 입 포(砲)를, 그 명연설을 못 알아들었구나.

"아, 몰라. 까먹었어. 그때 잘 들었어야지. 술이나 마셔."

코로나가 완전히 사라지면 아내와 함께 톈진에 다녀와야겠다. 정말이지 시리도록 보고 싶다. 봄날에 눈 녹은 개울물처럼 맑았던 그때 그 톈진 사람들이.

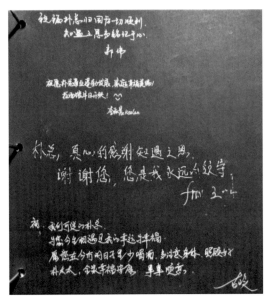

톈진 사람들이 이별할 때 써준 편지와 선물

싸움은 초장에 끝내야 한다. 적이 채 준비하지 못하고, 방심하고 있는 그때를 놓치면 싸움은 끝장이다. 나는 무방비 상태인 그들을 향해 입 포(砲)를 날렸다. 흥분하니 중국어가 막 헷갈렸다. 꿋꿋하게 당황하지 않고, 공자의 인(仁)에서 시작해서 미래에 어떻게 살아야 하는지까지 완벽하게 포격을 퍼부었다. 전멸이었다.

나는 설렁탕집 깍두기로 살기로 했다

나는 설렁탕을 참 좋아했다. 잔재주 부리지 않고, 좋은 재료를 성실하게 오랜 시간 우직하게 곤 설렁탕은 단순하면서도 우아하다. 국밥이면서도 뭔가 결이 다르다. 보통 국밥은 팔팔 끓는 상태로 손님 상에 오르는데 먹기도 불편하거니와 좀 촐싹대는 모양새다. 그러나 설렁탕은 뜨겁지도 미지근하지도 않은 모락모락 피어나는 김이 한 서너 줄 보일 듯 말 듯 한 온도지만, 속에 들어가면 그 따뜻함이 군불처럼 오래간다. 진짜 국물, 진국의 표본이다.

나는 언제부터인가 그런 설렁탕이 되고 싶었다. 폼 나고 멋있지 않은가? 주위를 둘러보니 회사에서 높은 사람들이 설렁탕처럼 보였다. 기사가 운전하는 차 뒷좌석에 착 앉아서 출근하고, 입고 있는 양복도 윤기가 자르르 흐르고, 더 높은 사장님하고 회의도 하고, 우리는 막 줄을 서서 건강 검진하는데 고급 진병원에서 따로 하고, 설렁탕이 메인 메뉴인 것처럼 회사에서는 높은 사람들이 주인공이 아닌가? 그래서 나는 누구나 알아주는 기깔난 설렁탕이 되고 싶었다. 두 번 물을 필요 없이 설렁탕이 되고 싶은 내 욕망은 너무도 정당했다. 되고 싶은 것이 있어야 진짜로 사는 것이라고 믿었다.

무엇이 되려고 아주 열심히 살아 보니, 나는 내 의지와 노력하고는 상관없이 설렁탕 옆에 아주 당연하게 세팅이 된 주목 받지도 못하는 깍두기였다는 것을 깨달았다. 노력하면 뭐든 다 이룰 수 있다고 떠드는 건 자칫 사기죄로 고소 당할 수도 있는 위험한 발언이란 것을 거의 다 살고 나서야 알았다. 〈곁들임〉이라고, 옆에서 슬쩍슬쩍 맞장구치는 반찬에 불과한 깍두기는 애당초 설렁탕이 아니었다. 내 존재를 인정하지 않는 삶, 정말로 눈물 나게 억울하지만 그것은 낭비였다. 무엇이 된다는 건, 그래, 신기루를 향한 걸음이었어.

'아, 이 세상은 설렁탕집이고 나는 그 설렁탕집 깍두기였구나.'

그래서 나는 그냥 설렁탕집 깍두기로 살기로 했다. 무가 소뼈 삶은 물이 되기 위해 삶을 허비하지 말고, 그냥 내가 나인 걸 인정하고 더 맛난 깍두기가 되어야 하겠어. 그리고 설렁탕이 메인이 아니야. 깍두기가 반찬이 아닌 것처럼. 그냥 서로 다른 존재일 뿐인 거지.

그래서 나는 그냥 설렁탕집 깍두기로 살기로 했다. 무가 소뼈 삶은 물이 되기 위해 삶을 허비하지 말고, 그냥 내가 나인 걸 인정하고 더 맛난 깍두기가 되어야 하겠어. 그리고 설렁탕이 메인이 아니야. 깍두기가 반찬이 아닌 것처럼. 그냥 서로 다른 존재일 뿐인 거지.

30년 차 직딩의 성공하는 직장 생활 꿀팁

1. 직장 생활을 바르게 이해하라.

나는 시간과 노동을 제공하고, 회사는 급여를 제공한다. 딱 여기까지다. 가치, 이상, 성장, 만족 등등 정의하기 어려운 자신의 욕망을 직장 생활에서 찾지 마라. 절간에서 참빗 찾아봐야 헛수고다.

2. 글쓰기에 집중하라.

직장 생활은 문서로 시작해서 문서로 끝난다. 자기소개서로 입사해서 사직서로 퇴사하는 것처럼. 보고서 쓰는 일을 하지 않는다고 글쓰기를 소홀히 하지 마라. 운동선수 아닌데 운동은 왜 하는가? 서너 줄 정도 단문으로 쓰는 연습을 하라. 글쓰기 관련 책을 즐겨 읽고, 국어사전과 친구가 되어라. 말하기와 듣기도 중요하지만, 쓰기가 안되면 말짱 도루묵이다.

3. 돈에 욕심을 부리지 마라.

돈 벌고 싶으면 직장 그만두고 분식집 차려라. 직장은 월급쟁

이들이 사는 곳이지, 사업가를 위한 곳이 아니다. 대신 돈을 아껴라. 자가용 팔고, 골프 끊고, 대출 줄이고, 사교육은 적당히, 무리한 해외여행 자제하고, 이러면 돈 번다. 국민연금, 개인연금, 퇴직금(IRP)은 꼭 신경 써라.

4. 근무 외 시간에 집중하라.

출근 전, 퇴근 후, 토요일, 일요일, 공휴일, 연차를 낭비하지 마라. 사업하는 사람들은 꿈도 못 꾸는 금쪽같은 시간이다. 이 시간에 업무와 상관없는 일에 몰입하라. 정 할 게 없으면 줄넘기라도 해라. 누가 아는가, 은퇴하고 줄넘기로 먹고살지. 취미를 바다처럼 넓게, 산처럼 높게 하라.

5. 차이를 인정하라.

직장 생활은 실력만으로 판가름 나지 않는다. 운이 칠 할이고 노력이 삼 할이라는 운칠기삼(運七技三)을 가벼이 여기지 마라. 내가 운이 좋았을 때도 있었을 테니, 남이 운 좋을 때 관대한 척해라. 돈 안 쓰고 대인배 행세할 수 있으니 일거양득 아닌가. 직장 생활은 완주가 중요하지 등수는 아무 의미 없다. 잘되는 사람 부러워해 봐야 내 배만 아프다.

6. 적성 탓하지 마라.

'적성에 맞지 않는다'는 표현은 퇴사할 때나 핑곗거리로 쓰는 문장이다. 먹고사는데 적성 타령이 웬일인가. 지금이 대공황이라고 생각하고 다녀라. 폭언, 따돌림, 갑질, 성희롱 등등은 적성을 따지고 인내를 논할 영역이 아니다. 저항해야 한다. 헷갈리지 마라.

7. 사소한 것에 목숨을 걸어라.

출근 지각, 회의 지각, 보고서 지각, 잦은 자리 비움, 무개념 휴가, 험담을 하지 마라. 그러면 직장 생활 절반은 성공한다. 작은 것에 최선을 다해라. 큰일을 할 기회는 어차피 내게 잘 오지 않는다.

8. 예스맨은 사양하라.

긍정적인 사람으로 보일 수도 있지만, 딸랑이다. 진짜 윗사람은 예스맨을 좋아하지 않는다. 동료들도 마찬가지다. 예스맨이 잘나가는 듯하지만 끝은 낙동강 오리알이다. 문제점을 잘 파악하고 있다가 기회가 되면 우아하게 피력하라. 윗사람은 제갈공명을 원한다.

9. 업무로 만나는 거래처 사람들과 잘 지내라.

직장 생활하면서 만나는 거래처 사람들을 보석이라고 생각하고, 그들과 진심으로 교류하라. 업무에 도움도 되고, 친구도 될 수 있다. 우물 안 개구리가 다른 우물 안 개구리를 만나니 삶의 지경이 넓어질 것이다.

10. 직장이 전부가 아니다.

직장 생활이 인생의 전부인 양 살면 내가 누군지 나도 헷갈리게 된다. 자신의 정체성과 개성을 잃지 않게끔 항상 신경 써라. 삶에는 분실물 센터가 없다. 잃어버리면 찾을 수 없다.

마라톤처럼 긴 직장 생활을 하는 여러분들 머리 위로 '용기(勇氣)'가 여름 장맛비처럼 마구마구 쏟아져 내리기를 간절히 기도한다.

직장 생활이 인생의 전부인 양 살면 내가 누군지 나도 헷갈리게 된다.
자신의 정체성과 개성을 잃지 않게끔 항상 신경 써라. 삶에는 분실물
센터가 없다. 잃어버리면 찾을 수 없다.

143번 버스로 서울 구경 한번 하실래요?

서울 시내버스 143번은 가히 관광버스라 부를 만하다. 강북과 강남을 오가며 달걀노른자 같은 꼭 들러야 하는 곳들을 거치는데, 노선도를 들여다보고 있노라면 "우와, 이런 노선이 어떻게 만들어졌지." 하는 감탄을 한다. 만약 서울을 한 방에 둘러보고 싶다면 주저 말고 143번 버스를 타시라. 자, 지금부터 차고지를 출발한 버스가 회차지에 도착할 때까지 어떤 곳을 들르는지 함께 따라가 보자.

북한산 국립공원은 여러 곳을 통해 오를 수 있는데, 그중 하나가 정릉 탐방 안내소다. 이곳에 가면 파란색 143번 버스들이 개구리알처럼 오글오글 모여있는 것을 볼 수 있다. 버스 출발지이자 차고지이기 때문이다. 이곳을 출발한 버스는 정릉역, 길음역, 성신여대입구역, 한성대입구역를 지난다. 성신여대 주변은 먹거리와 카페로 인파가 많은 곳이고, 한성대입구역은 한양도성순성길 백악구간(혜화문~창의문, 4.7km) 시작점이기도 하다.

버스는 종로 3가와 종로 5 가를 거치는데, 이곳은 유네스코 문화유산인 창덕궁과 종묘, 산해진미 가득한 광장시장, 캔들 재료와 포장 박스 등등을 파는 방산시장, 건어물이 가득 놓여 있는 중부시장, 연극과 연인들의 거리 대학로와 연결된다.

그다음은 종각, 을지로, 명동인데 너무 유명해 설명은 생략하나 이곳에 정차한다는 사실은 기억하자. 버스는 남산 3호 터널을 빠져나와 6호선 녹사평역으로 간다. 이곳에 내리면 해방촌, 경리단길, 이태원으로 갈 수 있다. 요즘 인기는 조금 사그라들었지만 볼거리는 여전히 많은 곳이다. 몇 년 후에는 용산공원이 들어선다. 걸어서 십분이면 삼각지 전쟁기념관이고, 용산역과도 멀지 않다.

서울 하면 한강 아닌가? 한강을 즐길 수 있는 여러 핫 스폿이 있지만 그중 대장은 바로 반포 한강공원이다. 세빛섬도 있고, 잠수교를 걸을 수도 있고, 야경도 그만인 곳이다. 143번 버스가 이곳을 지나면 짜잔 고속버스터미널이다. '고터'는 고속버스를 타는 곳이기도 하지만, 없는 거 빼고는 다 있는 놀기 천국이기도 하다.

가로수길은 조선시대 한명회가 정자 짓고 놀았다는 압구정에 있다. 143번 버스는 압구정, 청담동, 압구정로데오 거리, 봉은

사, 코엑스를 지나 우리나라 사교육 일번지 대치동을 거쳐 일원역까지 간다. 여기서 버스는 방향을 돌려 차고지를 향해 왔던 길로 되돌아간다.

회차 지점인 지하철 3호선 일원역 근처에는 삼성서울병원, 대모산, 구룡산, 태종 이방원의 무덤인 헌릉, 조선 23대 왕 순조의 무덤인 인릉이 있다.

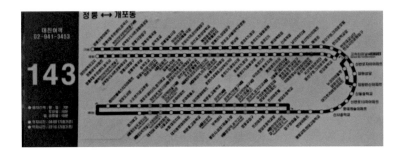

어떠하신가? 웬만한 곳은 다 들리지 않는가? 게다가 황금 노선이라 운수 회사에서는 배차 간격을 짧게 해야 돈을 많이 번다. 이 말은 버스가 자주 있다는 말이다. 혹시 서울 사는데 서울 구경 하고 싶거나, 다른 도시에서 서울에 놀러 올 계획이 있다면 143번 버스를 연구해 보시라. 시티 투어 버스처럼 타고 가다, 내려서 놀다가, 다시 타고 이동하고, 또 내려서 놀고. 나는 매일 관광버스 같은 143번을 타고 출근한다.

혹시 서울 사는데 서울 구경 하고 싶거나, 다른 도시에서 서울에 놀러 올 계획이 있다면 143번 버스를 연구해 보시라. 시티 투어 버스처럼 타고 가다, 내려서 놀다가, 다시 타고 이동하고, 또 내려서 놀고.

나는 매일 관광버스 같은 143번을 타고 출근한다.

웅이네 슈퍼

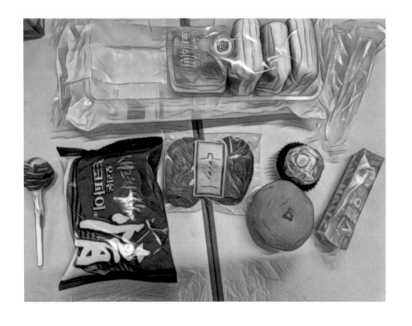

공교롭게도 두 명의 웅이가 있다. 유 웅과 민웅이다. 유 웅은 성이 유 씨고, 민웅은 김 씨다. 게다가 사무실이 이사를 하면 서 둘은 나란히 앉게 되었다. 웅이들은 나와 점심을 자주 먹는 데, 노땅 혼밥하는 걸 걱정해 자기들이 점심 약속이 있으면 나에게 미리 알려준다. 유웅은 술을 마시지 못하고, 민웅은 잘 마신다. 유웅은 공처가이고, 민웅은 기를 펴고 사는 것 같다. 유웅은 운동 잘 안 하는데, 민웅은 마라톤도 뛰고 테니스도 친다. 공통점도 있는데, 둘 모두 똑똑하고 착하다.

유 웅이 옆에 민웅이, 민웅이 옆은 빈자리였다. 두달 전에 민웅이 옆에 혜경이가 왔다. 혜경이는 대전에서 KTX 타고 출퇴근한다. 대단하다. 성격은 아주 조곤조곤하다. 웅이들에 비해 기품이 있고, 눈도 초롱초롱하다. 주말에는 남편하고 지리산 둘레길을 걷는단다. 유 웅이는 주로 워드를 열어 놓고 있고, 민웅이와 혜경이는 대부분 엑셀로 일을 하는데, 유 웅이 보다는 바빠 보인다. 셋은 공통점이 있는데, 셋 모두 똑똑하고 착하다.

혜경이 합류하고 난 뒤 그들 책상에 변화가 생겼다. 과자, 빵, 음료수, 귤 같은 것들이 항상 있다. 어떨 땐 소복이 쌓여 있을 정도다. 나는 그 책상을 웅이네 슈퍼라고 부른다. 슈퍼처럼 품목이 다양하지는 않지만, 직장인 취향에 맞게 구색은 갖췄다. 내가 지나가면, "드세요." 한다. 숭늉처럼 따뜻한 말이다. 가끔 진로도 오는데, 성은 석 씨다. 진로가 웅이네 근처에 어슬렁거리면 그야말로 완전한 슈퍼가 된다. 술이 빠지면 슈퍼라 할 수 있겠는가? 석진로는 경북 문경이 고향인데, 문경이 대한민국 관광 일번지라는 확신을 가지고 있다. 문경 시청은 이런 인재를 놓치지 마시라. 진로까지 넷은 공통점이 있는데, 넷 모두 똑똑하고 착하다.

작년 1월에 위리안치(圍籬安置) 비슷하게 이곳에 자리를 잡았다. 내 마음이 그랬다. 두 해가 지나가는 동안 웅이네 슈퍼 사람들 덕분에 살만했다. 같이 점심을 먹고 커피 마시면서 내가 막 이야기를 하면 귀를 쫑긋하고 열심히 듣는 시늉을 한다. 중간중간에 감탄사도 발사한다. 유 웅이는 공감 요정이다. 비록 다른 귀로 흘려버리겠지만, 이게 얼마나 힘이 되는지 아는가. 나이 어린 후배들이 내 말을 들어준다는 건 홀로 있지 않고 같이 있음이다.

곧 이곳 충무로를 떠난다. 웅이네 슈퍼 사람들이 그리울 것이다. 벌어 놓은 돈이 없어 지금 당장 어찌할 수는 없지만, 로또에 당첨이 되거나, 블로그가 대박이 나는 큰 사건이 생기면 맛난 거 사줄 계획이다. 사람이 꽃보다 낫다. 확신한다.

나는 그 책상을 웅이네 슈퍼라고 부른다. 슈퍼처럼 품목이 다양하지는 않지만, 직장인 취향에 맞게 구색은 갖췄다. 내가 지나가면, "드세요." 한다. 숭늉처럼 따뜻한 말이다.

주인 의식, 웃기고 있네

괴이하고 야릇한 단어다. 정체를 알 수 없고, 어디서 왔는지 출처도 모호한데도 입에 달고 산다. 높으신 양반들 연설문에도 약방에 감초처럼 단골로 등장한다. 뜻은 간명하다. 주인 의식은 주인인 것처럼 생각하고 행동하자는 말로, 국어사전에 '일이나 단체 따위에 대하여 주체로서 책임감을 가지고 이끌어 가야 한다는 의식'이라고 나온다. 이게 국어사전에까지 올라도 될 말인지도 잘 모르겠다. 솔직히.

나는 이 말이 불편하다. 건방지다는 생각도 든다. 약을 올리는 건가 싶기도 하다. "회사의 주인이라는 생각을 가지고, 즉 주인 의식으로 무장해서 열심히 일해 달라." 이런 말을 들으면, "칫, 내가 회사 주인이면 일을 왜 하겠냐?"는 반감이 훅 올라온다. 결론은 일 열심히 하라는 말 아닌가. 그걸 뭘 고상한 척 그리 에둘러 말하는가. 장난도 아니고. 실제 삶은 고단한 하인인데, 어찌 내가 주인이다 생각할 수 있단 말인가. 내 심사가 너무 꼬였나.

예쁘다 하면 예쁘고, 밉다 하면 밉다. 어려운 일이 아니다. 그리 생각하면 그리되는 것이다. 주인으로 대하면 주인이 된다는 말이다. 월급도 팍팍 올려 주고, 휴가도 팡팡 쓰게 하고, 철 따라 맛난 거 사 먹게 법카도 샥샥 긁게 하고, 이러면 내가 회사의 주인이구나 하고 생각하겠지. 이기 뭐이 어렵나. 참 나. 원래 복잡하고 교묘한 것은 사기일 확률이 높다. 진짜는 단순하다. 사랑이 뭐가 어렵나, 딱 보면 알지. 진짜 사랑하는지. 사랑 흉내를 내는지.

사기꾼들이 쓰는 언어는 그럴듯하지만, 따지고 들면 앞뒤가 안 맞고 설명이 궁색하다. 말문이 막히면 믿으라고 얼버무린다. 언어는 마음을 담는 그릇이다. 조선시대 백자나 청자가 아무리 귀한들 뭔 소용이 있는가, 그 그릇에는 물 한 잔도 담지 못하거늘. 짝사랑하는 이에게 편지 쓸 때를 떠올려 보라. 단어를 썼다 지웠다 하질 않는가. 내 마음을 담아내지 못하니까. 리더들의 글이란, 말이란, 모름지기 마음이 담긴 연애편지 같아야 한다. 공부하느라 사랑을 못해봤을라나. 재활용 봉투에나 담길 쓸모없는 언어가 너무 활개를 휘저으며 다닌다.

국립국어원(www.korean.go.kr)이라도 나서서 이런 해괴한 언어 사용을 근절시켜라. 설립 취지에 보니 〈원활하게 의사소통하도록 국어 사용 환경 개선〉이란 항목이 있더구먼. 맞춤법과 띄어쓰기 판별하느라 바쁜가. 좋은 대학 나와서 글 좀 쓴다는 사람들 다글다글 모여있는 언론사에서 하시던가. 받아쓰기 하느라 짬이 없겠군. 진심은 없고 장난 같은 말만 난무하는 세상인데 가을은 왜 이리 곱다냐. 회사에서는 직원, 나라에서는 국민이 진짜 주인이 되는 그런 예쁜 사회가 된다면 월매나 행복할까? 이 가을처럼 말이다.

언어는 마음을 담는 그릇이다. 조선시대 백자나 청자가 아무리 귀한들 뭔 소용이 있는가, 그 그릇에는 물 한 잔도 담지 못하거늘. 짝사랑하는 이에게 편지 쓸 때를 떠올려 보라. 단어를 썼다 지웠다 하질 않는가.

청맹과니

언쟁은 아슬아슬하게 수위를 지키고 있었지만, 자칫 한 단어라도 유리 조각처럼 날카로운 것을 선택한다면 금방이라도 부딪칠 분위기다. 창밖에는 가을이 왔다 갔다, 자기 좀 봐달라며 해 본 적 없는 서툰 몸짓으로 유혹을 한다. 그러지 마라. 티 난다. 멀리 남산타워가 산꼭대기에 버티고 선 모습이 선명하게 보일 정도로 맑은 가을 오전이다. 다이어리 밑에 놔둔 핸드폰을 툭툭 건드려 깨웠다. 이럴 땐 핸드폰질이 최고다. 카톡 머리통에 숫자가 있네. 새 메세지군. 아, 카카오페이가 출근길에 버스비로 1200원 썼다고 알려준 거네. 지나치게 친절한 카카오씨. 먹통이나 되지 마세요.

논점이 명확한 회의를 해 보는 것이 내 마지막 꿈이다. 은퇴하기 전에 말이야. 회의를 안 하면 일 안 한다는 강박이 있는 것 같다. 둘은 열심히 뭐라 뭐라 떠든다. 나머지는 책상만 뚫어져라 쳐다본다. 그리 쳐다본다고 그것이 뚫어지겠는가. 사람들이 말이야, 지나치게 근면하고 성실하다. 학교 다닐 때 숙제에 목숨 거는 애들 이해할 수 없었다. 그기 뭐라고 그리 죽을 둥 살 둥, 오색 볼펜을 칠해가면서, 뭐 만들어 오라고 하면 마분지로 성채 같은 걸 만들어 신줏단지 모시 듯 들고 오는 애들 정말 이해 불가였다. 근데, 회사에는 이런 사람들이 다. 이유 없이 그냥 성실해.

Daum 뉴스를 본다. 아, 청담동 술집에 갔니 안 갔니 이런 걸로 싸운다. 내가 회의 시간이니 이 뉴스를 보는 것이지, 똥 쌀 때도 안 본다. 이게 뭐 이가. 신입사원 면접 볼 때 이런 질문하는 면접관이 있다.

"입사하면 열심히 할 자신이 있나요?"

아 뇨, 그럼 열심히 한다고 하지 뭐라고 말하는데. 똑같다. 청담동 술집에 갔지요? 그리 물으면 네. 갔습니다. 이리 대답하겠나. 질문은 모든 것의 시작이다. 질문하지 않으면 인간은 몸만 비대해질 뿐, 성장하지 못한다. 바른 질문에 목숨 걸어야 한다. 화두(話頭)가 별 건가. 질문이다. 아니, 저 둘은 아직도 서로 뭐라 뭐라 이야기하네. 대단하다.

새소리, 바람 소리, 파도 소리, 빗소리는 사람의 마음을 불편하게 하지 않고 오히려 편안하게 만든다. 일부러 그런 소리를 들으러 찾아가기도 한다. 인간의 목소리는 다르다. 특히 알아들을 수 있는 언어로 말하는 소리는 불편하다. 소음보다 더 안 좋게 느껴진다. 왜일까? 알아들을 수 있는 소리는 기억을 깨우고, 생각하고, 판단하게 만들어서 나를 반응하게 한다. 반응한다는 건 참전(參戰)이다. 저 둘이 나누는 대화가 영어나 불어라면 이리도 불편하지 않을 텐데. 점심 메뉴나 생각해 볼까. 청국장, 미역국, 육회비빔밥, 뭘 먹어야 하나. 툭툭 핸드폰을 다시 깨워 블로그 앱을 연다. 공감이 없네. 아, 내 글에 공감하지 않는 사람들은 도대체 어떤 글에 공감을 한다는 것인가.

눈은, 내리는 눈 말고 보는 눈, 얼마나 정확할까? 아이고, 못 알아봤습니다. 눈이 삔나. 첫눈에 반해서 이리 고생이지요. 이런 걸로 봐서는 눈이 그리 스마트한 것 같지는 않다. 그래도 눈을 철석같이 믿는다. 실체나 본질은 거들떠 안 보고 보기 좋은 거에 집착한다. 지금 저 둘이 그렇다. A가 이달 실적이 104% 달성할 것 같다고 보고를 했다. 그걸 들은 A의 상사 B가 104 가 뭐냐, 보기 안 좋게. 하려면 105를 해야지. 그기 보기 좋단다. 그러고는 이적까지 104와 105를 가지고 저리 떠들고 있다. 아, 그기 뭐라고. 껍데기만 보고 속은 못 보는 사람들이다.

까막눈이라 창피하고 억울해서 늦게라도 글공부를 하고, 시도 쓰는 어르신들을 본 적이 있다. 글자 모르는 거 실상 아무 문제도 안 된다. 글공부 잘 해서 좋은 대학 간 훌륭한 사람들 모두가 다 청맹과니인 것을.

* 청맹과니
1.겉으로 보기에는 눈이 멀쩡하나 앞을 보지 못하는 눈. 또는 그런 사람.
2. 사리에 밝지 못하여 눈을 뜨고도 사물을 제대로 분간하지 못하는 사람을 비유적으로 이르는 말.

언쟁은 아슬아슬하게 수위를 지키고 있었지만, 자칫 한 단어라도 유리
조각처럼 날카로운 것을 선택한다면 금방이라도 부딪칠 분위기다.
창밖에는 가을이 왔다 갔다, 자기 좀 봐달라며 해 본 적 없는
서툰 몸짓으로 유혹을 한다. 그러지 마라. 티 난다.

다림질, 그 오묘한 세계를 아시는지

언제부터인가 다림질이 아내에게서 내게로 넘어왔다. 스리슬
쩍 말이다. 원인 제공자는 처제다. 나의 사랑스러운 처제가 두
해 전인가 영월에 숙성 돼지고기 전문점 〈육정가〉를 개업하면
서 아내를 데려갔다. 일손이 모자란다는 명목이었는데, 내심
은 둘이 쿵쿵 짝짝 놀 요량도 있었을 것이다. 졸지에, 자다 벼
락이라고 주말부부로 일 년을 지냈다. 그때부터 울며 겨자 먹
듯 내가 옷을 다렸다. 신세계였다.

여름 와이셔츠는 다림질이 거의 피스 오브 케이크, 누워 떡 먹
기다. 팔이 반쪽밖에 없다는 것이 이리 행복할 줄이야. 여름에
도 긴팔 와이셔츠 입는 남자분들은 그러지 마시라. 아내를 사
랑한다면 사월 중순부터 반팔로 입으시라. 가오 떨어지지도 않
고, 얼어 죽지도 않는다. 직접 다림질을 하거나, 세탁소에 맡긴
다면, 뭐 그냥 그대로 긴팔 입으셔도 무방하겠다. 아내를 사랑
하지 않는 것도 포함해서.

긴팔 와이셔츠는 기술을 요한다. 이참에 와이셔츠 만드는 디자이너나 업자 분들께 간곡히 말한다. 등판에 주름 잡지 마시라. 꼭 두 군데 책 페이지 접듯이 접어 놓지 말란 말이다. 누가 남 등짝을 본다고. 그기 머이 멋있다고 그리 만들어 놓는단 말이요. 다림질 힘들게. 소매도 할 말이 참 많아요. 소매 끝 주름 그것이 왜 필요한 건지 알다가도 모르겠소. 한번 다려 보시오. 얼마나 개고생인지. 하여튼 허례허식 참 좋아해. 와이셔츠는 민짜가 최고다. 얍삽하게 주름이 있는 거 절대 사지 마시라.

겨울, 이때는 꿀팁이 있다. 와이셔츠는 팔하고 칼라라고 부르고 옷깃이라 쓰는, 그 부분만 다리면 된다. 가슴팍하고 등짝은 안 다린다. 왜냐, 조끼 입으니까. 조끼 입으면 드러나는 게 팔하고 목이니, 다른 곳은 다려봐야 소용이 없다. 조끼 말고, 집업 셔츠 입으면 팔도 안 다려도 된다. 남편에게 겨울 따뜻하게 나시라고 멋진 집업 셔츠 사주고, 칼라만 다리시라. 꿩도 먹고 알도 먹기 아닌 감. 긴팔 와이셔츠는 봄 가을이 문제지 사실 겨울에는 이런 꼼수로 대충 넘기면 된다. 싫다면이야, 뭐 팔도 다리고 등판도 다리면서 원칙대로 사시든가.

모든 일이 그렇듯이 다림질도 무엇보다 장비가 관건이다. 다림질 판을 잘 사야 한다. 다리미를 눌렀을 때 옷감을 튕겨내지 않고 흡수하는 다림질 판이 좋다. 다리미도 적당한 무게를 가진 것이 누르는 맛도 있고, 옷을 찍소리 못하게 펴는데 훨씬 수월하다. 무엇보다 중요한 건 와이셔츠 재질이다. 다리미와 원수진 것 같은 천으로 만든 셔츠는 빨리 버리는 게 정신 건강에 좋다. 내 셔츠 사이에 딸내미 옷이 간혹 껴들어오는데, 아마도 아내가 부러 그러는 모양인데, 내가 다 안다는 것만 아시라. 여성복은 다리미 지옥이다. 뭔 주름이 그리 많은 데다 천은 열맷 번을 눌러도 펴지지 않는다. 내 옷이 아니니 버리지 못하는 게 그저 안타까울 뿐이다.

일요일 아침은 정갈한 시간이다. 식구들 아직 자고 있는 이른 아침에 다림질 판을 펼친다. 책처럼 좌악. 다리미 코드를 꽂는다. 딸깍. 셔츠를 다린다. 다리미가 한두 번 왔다 가면 쭈글쭈글한 옷이 반듯하게 펴진다. 내 마음도 덩달아 펴지는 듯하다. 잘 다린 일주일 치 셔츠를 나란히 걸어 놓았을 때, 부자인 듯 뿌듯하다. 근데, 이분은 주말부부 끝낸지 벌써 한 해가 넘어가는데, 내가 다림질하는 걸 왜 멀뚱멀뚱 보고만 있는 겨. 당연한 듯이. 슬픈 어제도 눈물 같은 물방울을 스프레이로 칙칙 뿌리며 옷을 다렸다. 다림질로 눈물이 바짝 마르고, 허한 마음도 펴졌으면 좋겠다는 생각을 하며. 삶은 이어져야 하니 잘 다린 셔츠 입고 돈 벌러 가자. 그렇게 하자고요.

슬픈 어제도 눈물 같은 물방울을 스프레이로 칙칙 뿌리며 옷을 다렸다.
다림질로 눈물이 바짝 마르고, 허한 마음도 펴졌으면 좋겠다는
생각을 하며. 삶은 이어져야 하니 잘 다린 셔츠 입고 돈 벌러 가자.
그렇게 하자고요.

한옥 툇마루에 앉아서

직장이 충무로에 있어 남산골 한옥마을을 자주 간다. 점심 대충 먹고, 산책 삼아 걷다가 한옥 툇마루에 앉으면 이런저런 일로 라면 물 끓듯 보글거리던 마음이 차분해진다. 마당도 보이고, 처마 너머 하늘도 보이고, 괜히 마룻바닥을 쓱 문질러보기도 한다. 한옥이 주는 어떤 묘한 분위기에 압도되는 것 같다. 왠지 까불대면 안 될 것 같은.

한지를 바른 문(門)은 한옥에서 내가 제일 좋아하는 부분이다. 요즘 문은 외부와 내부를 완벽하게 단절해야 한다. 일체의 소리와 공기를 차단해야 좋은 제품이다. 그런데 한옥의 문은 헐렁하다. 손에 침 묻혀 비비면 뚫리기까지 한다. 어스름한 달빛도 새어들고, 바람이 문밖을 서성대는 것도 알아챌 수 있다. 문이라기에는 참으로 허접하다. 그래도 그런 문이 좋다. 게다가 얇은 나무를 격자로 엮은 문틀은 볼수록 신기하다.

오늘처럼 비가 오는 날이면 한옥은 그야말로 운치 대박이다.

내 소유가 아니라서 실행에 옮기지는 못하겠지만, 파전에 막걸리 각이다. 걸터앉아 처마 끝으로 떨어지는 비를 바라볼 수 있는 여유, 흔한 말이지만 돈보다 귀하다. 다들 바쁘게 걷는 지하철역 통로에서는 덩달아 나도 바쁘고, 비 떨어지는 툇마루에서는 엉겁결에 나도 한가하다. 작년 1월 쫓기듯 충무로에 왔을 땐 모든 것이 낯설고 힘겨웠다. 그때 눈 내린 한옥 툇마루에 앉아 있던 중년의 남자가 생각이 난다. 모두 다 내려놓았는데 또 뭘 내려놓아야 한다는 것을 알았을 때의 허한 마음을 이 한옥에서 토닥였었다. 어느새 한옥마을이 있는 충무로에서 두 번째 여름을 보내고 있다.

하늘이 뚫린 것처럼 비가 쏟아진다. 이러다가 또 맑아지겠지. 겨울이 오면 또 춥다고 그러겠지. 그러다 보면 또 봄이 오겠지. 한옥은 그 풍기는 분위기가 다르다. 단단하고 높다란 빌딩에서는 도무지 느끼지 못할 그런 분위기가 있다. 그래서 오늘도 나는 툇마루에 앉아 가만히 바라본다.

작년 1월 쫓기듯 충무로에 왔을 땐 모든 것이 낯설고 힘겨웠다.
그때 눈 내린 한옥 툇마루에 앉아 있던 중년의 남자가 생각이 난다.
모두 다 내려놓았는데 또 뭘 내려놓아야 한다는 것을 알았을 때의
허한 마음을 이 한옥에서 토닥였었다.

걸음은 명상이요, 해장국이다

한강을 걸어 퇴근하면 보이는 풍경들이 좋다.

나는 자주 걸어서 퇴근한다. 줄여서 〈걸퇴〉라 부르는데, 걸퇴
는 2008년 중국 주재원으로 근무하면서부터 생긴 습관이다.
당시는 금융위기라 주재원 생활은 쉽지 않았다. 실적 부진과

해외 생활이라는 이중고를 겪어야 했고, 어느 날 머리도 식힐 겸 두 시간 거리를 걸어서 퇴근한 것이 시작이었다. 2014년 귀국해서 합정역 부근에서 근무했는데, 이때도 한강을 따라 두 시간 넘는 거리를 일주일에 한두 번 걸퇴를 했다. 한참을 걸어서 퇴근하면 모든 상념은 사라지고, 적당히 피곤한 상태로 잠을 잘 수 있었다. 길은 이렇게 나에게는 없어서는 안 될 공간이 되어갔다.

꼭두새벽 산책으로 남산에 올라 멋진 해돋이를 만났다.

난 일찍 일어난다. 그냥 눈이 떠지는데, 대충 4시 전후에 일어나면 딱히 할 것이 없다. 평일에는 출근 준비하면 되는데, 휴일에는 식구들 자는 것을 방해하니 TV도 틀 수 없다. 그래서 〈꼭

두새벽 산책〉을 다니기 시작했다. 처음에는 동네 이곳저곳을 걸어 다니다가 점차 그 반경이 넓어져 갔다. 어느새 주말 새벽 산책을 어디로 갈지 계획을 짜기 시작했고, 점차 습관으로 자리 잡았다. 남산 올라가기, 한강 가기, 고속터미널 꽃시장 구경 가기, 동대문 시장 가기 등등 새벽에 길을 걷는 재미가 쏠쏠했다. 그렇게 걷다가 집에 오면 식구들은 그제야 일어났다. 가정생활에 방해가 되지도 않고, 휴일도 온전히 보낼 수 있어 그야말로 꿩 먹고 알 먹는 기분이었다. 그렇게 주말 새벽 길거리는 내가 가장 좋아하는 공간이 되었다.

누군가의 수고 때문에 길 걷기가 참 편리하고 안전해졌다.

〈걸퇴〉와 〈꼭두새벽 산책〉은 나를 길로 안내했다. 해파랑길,

남파랑길, 강화나들길, 양평 물소리길, 제주 올레길, 소백산 자락길, 외씨버선 길... 나는 언제부터인가 도보여행가가 되어 있었다. 지금은 은퇴 후에 세계에 있는 길을 걸어 보려고 계획을 짜고 있다. 이 모든 변화는 〈길〉이라는 내가 제일 좋아하는 공간에서 만들어졌다. 길에 있으면 편하고 좋다.

길을 걸으면 머릿속은 무채색이 된다. 행복하다.

"왜 걸으세요?"

사람들이 자주 묻는다.

"걸음은 명상이고, 해장국입니다."

나는 그저 이렇게 대답할 뿐이다. 사람은 자기가 좋아하는 공간에 있으면 행복하다. 행복은 감정이고, 그 감정은 아마도 걱정이 없는 편안한 상태가 아닐까? 길은 나에게 그런 공간이다.

"왜 걸으세요?"

사람들이 자주 묻는다.

"걸음은 명상이고, 해장국입니다."

나는 그저 이렇게 대답할 뿐이다. 사람은 자기가 좋아하는 공간에 있으면 행복하다. 행복은 감정이고, 그 감정은 아마도 걱정이 없는 편안한 상태가 아닐까? 길은 나에게 그런 공간이다.

무엇이 나를 움직이게 하는가?

물레 방아는 물로 방아를 찧고, 바람개비는 바람이 있어야 돌고, 차는 기름이나 전기로 움직인다. 그럼 우리 인간은 무엇으로 움직일까? 힘겨운 노동을 견뎌내며 하루를 사는 동력은 어디에서 오는 것일까? 살아야 하니까? 그럼, 살아야겠다는 이

단단한 마음은 과연 무엇인가

우리를 움직이게 하는 동력은 바로 욕망이다.

욕망은 내면 깊은 곳에서 우리를 통제한다. 스스로 이성에 의해 움직이는 것 같지만 아니다. 우리는 욕망을 잘 모른다. 욕망이라는 단어는 왠지 저열하고 불결하게 보여서 멀리하게 되는 탓도 있지만, 욕망이 변신술로 스스로를 숨겨버리기 때문이기도 하다.

꿈, 희망, 도전, 성취 같은 그럴싸하게 보이는 것들이 우리를 움직이게 한다고 믿고 있다. 이것들이 바로 욕망인데도 말이다. 또한 남의 욕망을 내 것인 양 여긴다. 나를 움직이는 욕망, 이 이상한 녀석에 대해 수소문을 좀 해봐야 한다.

우리를 움직이게 하는 동력은 바로 욕망이다.

욕망은 내면 깊은 곳에서 우리를 통제한다.

스스로 이성에 의해 움직이는 것 같지만 아니다. 우리는 욕망을 잘 모른다.

욕망이라는 단어는 왠지 저열하고 불결하게 보여서 멀리하게 되는

탓도 있지만, 욕망이 변신술로 스스로를 숨겨버리기 때문이기도 하다.

<시간>을 생각해 본다

당일치기 트레킹은 급하다. 오늘 안으로 집으로 돌아가야 하니 걸음도 빨라지고 허겁지겁 길을 재촉한다. 걷는 내내 시간이 막 쫓아오는 것 같다. 이럴 때면 드는 생각이 있다.

아, 내가
시간 감옥에 갇혔구나!

우리는 언제부터인가 시간 명령에 복종하는 신세가 되었다. 시간이 "출근!" 하면, 출근한다. "점심!" 하면, 밥을 먹고, "퇴근!" 하면, 그제야 집에 간다. 시간을 잘 지키고 안 지키느냐에 따라 <문명인>이 되기도 하고, <야만인>이 되기도 한다. 시간이 우리를 조급증 환자로 만들어버렸다. 지하철역에서 <곧 도착> 사인이 뜨면 달린다. 체면도 없고, 염치도 없이 지하철 안으로 돌진한다. 뜸 들이고 기다리는 능력을 잃어버렸다. 시간을 너무 의식한 탓이다.

시간을 잘 지키고 안 지키느냐에 따라 <문명인>이 되기도 하고, <야만인>이 되기도 한다. 시간이 우리를 조급증 환자로 만들어버렸다.

투뿔이 되지 못한 등급들

소고기는 다섯 단계 등급이 있다. 3, 2, 1, 1+, 1++ 등급으로 1등급 위에 두 단계나 더 있다. 원뿔과 투뿔이다. 세상에나 1등보다 더 높은 놈이 있다니. 소고기 등급 가운데 최고인 투뿔을 만들기 위해 축산 농가에서는 그야말로 젖 먹던 힘까지 다한다. 등급을 가르는 건 다름 아닌 근 지방이다. 근 지방이 뭐냐, 바로 우리가 그리 아름답다 칭송하는 마블링(marbling)이다. 붉은색 양탄자에 박힌 촘촘히 빛나는 별 같은 지방 말이다. 참고로 미국에서 가장 높은 소고기 등급인 프라임(Prime)은 우리 소고기의 1등급 정도에 불과하다. 우리 소고기에는 그만큼 지방이 많다는 말이다. 몸에 좋지 않은 지방이 많은 소가 투뿔이 된다.

부장이 되면 책상이 바뀐다. 물론 회사마다 차이가 있을 수는 있다. 책상 옆에 날개를 하나 더 붙여주고, 자리를 뒤로 빼준다. 임원이 되면 칸막이 친 방을 주고, 차도 주고, 건강검진 단가도 올려 구석구석 별 쓸데없는 곳까지도 검사를 받을 수 있게 해준다. 임원도 상무 다르고 전무 다르다. 타는 차 배기량이 다르다. 부사장은 사장 바로 아래니까 상무 전무하고는 하늘과 땅 차이다. 그만둘 때도 퇴직금도 다르고, 챙겨주는 것도 다르다. 왜, 등급이 다르니까. 소고기로 치면 투뿔이잖아. 사람도 등급이 매겨져 있고, 등급에 따라 대우를 받고, 등급을 올리는 것을 열심히 사는 것이라 여긴다.

자격지심(自激之心)이라고 몰아붙일 수도 있고, 고생해서 높은 곳에 올라 대접받는 걸 뭐 그리 아니꼬운 눈으로 보느냐고 핀잔을 보낼 수도 있다. 어허, 오해가 있으신 모양인데, 난 소고기가 그저 등급별로 가격이 다르듯 사람도 등급별로 대우가 다르다고 말하는 것이다. VIP보다 더 높은 VVIP가 있고, 대통령 출근한다고 우리 출근길을 막지 않는가. 솔직하게 말해서 레미O 아파트 산다고, 비싼 동네 산다고, 큰 차 탄다고, 임대 아파트 애들하고 어울리지 말라고, 그 집 아버지 뭐 하시냐고, 이러면서 우리가 등급에 따라 우쭐대며 살고 있지 않은가. 새삼스럽기는.

등급, 그거 뭐 대단한 거 같지만 별거 아니다. 내신 등급 높다고 행복하다면 사는 거 아무 걱정 없겠네. 아닌 거 다 알지 않는가. 투뿔, 그래봤자 몸에 안 좋은 사료 먹이고 운동 안 시켜서 억지로 지방을 촘촘히 박은 것이다. 대통령도 내려오면 사

람이고, 계급장도 떼면 천 조각일 뿐이다. 겨울 들판에 홀로
선 나무가 왜 아름다운지 아는가, 그건 아무것도 걸치고 있지
않아서이다. 찬 바람이 그 나무를 둘러싼 배경을 모조리 삭제
했기 때문이다. 우리가 누구든, 어찌 살았든, 광야에 홀로 서는
그날을 맞을 것이다. 못 믿겠으면 지금처럼 지방 꽉 찬 투뿔을
향해 최선을 다해 열심히 살든지.

시내버스 손잡이 잡고서 창밖을 보고 있을 때, 배낭 메고 낯선
도시의 정류장에 앉아 있을 때, 때 놓친 시간에 식당에 들어가
면서 혼자요!라고 말할 때, 바닷가 편의점에서 커피 한 잔 앞
에 놓고 있을 때, 이럴 때 우아하면 된다. 낙인처럼 남이 만들
어준 등급은 그 세상에서만 가용한 것으로 다른 세상에서는 인
정하지 않는다. 투뿔 소고기가 비싸기는 하지만 정작 지방 많
은 소가 건강하지는 않다. 낚싯바늘에 매달린 미끼는 달지만
위험하다. 등급을 향한 삶이 그렇다는 말이다. 덥석 물지 말고
이리저리 등급에 대해 생각해야 하는데 가능할지는 모르겠다.
비행기를 타도, 서점에서 책을 사도, 마트에서 물건을 사도, 온
통 실버니 골드니 다이아몬드니 프레스티지니 하는 등급투성
이라서 말이다. 이 세상에 등급만 존재한다.

겨울 들판에 홀로 선 나무가 왜 아름다운지 아는가,

그건 아무것도 걸치고 있지 않아서이다.

찬 바람이 그 나무를 둘러싼 배경을 모조리 삭제했기 때문이다.

우리가 누구든, 어찌 살았든, 광야에 홀로 서는 그날을 맞을 것이다.

못 믿겠으면 지금처럼 지방 꽉 찬 두뇔을 향해 최선을 다해 열심히 살든지.

Kkondae(꼰대) 설명서

꼰대라는 말의 어원에 대해서는 두 가지 설(說)이 있다고 한다. 번데기를 경상도 사투리로 〈꼰대기〉라고 하는데, 번데기처럼 주름이 자글자글한 나이 많은 사람을 부르는 말에서 유래했다는 설과 프랑스어로 백작을 뜻하는 콩테(Comte)에서 유래했는데, 일제 강점기에 이완용을 비롯한 친일파들이 백작이나 자작 작위를 받으면서 스스로를 〈콩테〉라 불렀다. 사람들이 이들을 비웃으면서 콩테의 일본식 발음인 꼰대라 불렀고, 그들이 하는 매국노 같은 짓을 꼰대짓이라고 했다는 설이다.

나는 올해로 직장 생활 30년이 되었다. 내가 그동안 경험한 꼰대들은 다 선배들이었다. 그래서 꼰대 하면 당연히 나이가 많은 사람들이 생각난다. 이런 관점에서 나는 꼰대가 번데기처럼 주름이 많은 꼬장꼬장한 노인을 부르는 말에서 유래했다는 설이 유력할 것이라고 생각했다. 지금 시대에 맞지 않는 옛날 옛적의 고집과 편견을 가진 말이 통하지 않는 그런 사람 말이다.

그런데 요즘 이 생각에 변화가 생겼다. 직장 생활을 오래 하니 이제는 선배보다 후배가 더 많아졌다. 젊은 후배들을 만나 이야기를 나누다 보면 다들 관리자한테서 스트레스를 받는다고 하소연을 한다. 그들은 꼰대 같은 윗사람 때문에 힘겨운 삶을 살고 있었다. 그런데 가만히 생각해 보니 그 관리자들이라 봐야 겨우 사십 대 초반에 불과하다. 아, 꼰대는 나이와 상관이 없구나.

꼰대는 나이가 아니라 사람을 대하는 태도로 결정된다. 사정을 고려하지 않고, 방자하고, 교만하며, 하찮게 여기는 것이다. 꼰대는 평소에는 숨어있다가 〈완장〉을 차면 드러난다. 완장은 남에게 이래라저래라 할 수 있는 권력을 나타내는 표식이다. 남을 함부로 할 수 있을 때 그렇게 하지 않는 것을 선(善) 하다고 하고, 함부로 대하면 꼰대가 되는 것이다. 팀장, 교수, 검사, 국회의원, 대통령 이런 호칭은 다 완장의 한 종류일 뿐이다.

BBC는 2019년 9월 23일 자사 페이스북에 '오늘의 단어'로 〈kkondae, 꼰대〉를 소개하며 '자신이 항상 옳다고 믿는 나이 많은 사람(다른 사람은 잘못됐다고 여김)'이라고 소개했는데, 이는 오류다. 여기서 '나이 많은' 이 부분은 삭제되어야 한다. 왜냐하면 우리 사회에는 젊고 팔팔한 꼰대들이 드글드글하기 때문이다. 그나저나 이 꼰대라는 종(種)은 우리 땅에만 서식하는 토종인가? 그것이 궁금하다.

꼰대는 평소에는 숨어있다가 〈완장〉을 차면 드러난다.

완장은 남에게 이래라저래라 할 수 있는 권력을 나타내는 표식이다.

남을 합부로 할 수 있을 때 그렇게 하지 않는 것을 선(善) 하다고 하고,

합부로 대하면 꼰대가 되는 것이다.

걸음아, 날 살려라!

어느 날 오른쪽 다리로 흐르는 신경이 눌려 걸으면 다리가 저리고 당기는 증상인 방사통이 찾아왔다. 대수롭지 않을 것 같았던 그 통증은 어떤 치료 방법을 동원해도 요지부동이었다. 앉아 있거나 누워 있어도 심지어 서 있어서도 통증이 나타나지 않는데, 걷기 시작해서 오 분만 지나면 정확하게 통증이 왔고, 그러면 걷는 걸 포기해야 했다. 병명은 〈척추분리증〉. 공교롭게도 회사에서 누구나 가고 싶어 하는 일 년 과정의 해외 연수에 선발되었던 시점이라 보존적 치료를 포기하고 수술을 선택해야 했다. 수술을 앞두고 입원해 있던 병실에는 나와 똑같은 증상으로 다른 병원에서 수술을 했는데 염증이 생겨 일 년째 고생하시는 분이 계셨다. 두려웠다. 수술실로 들어가기 전에 혼자 중얼거렸다. "수술이 잘 끝나서 걸을 수만 있다면 정말 행복하겠어." 그때가 한창나이인 서른다섯 살 때였다.

그 이후, 바쁜 일상 속에서 신이 인간에게 선물로 주었다던 〈망각〉이 삐뚤빼뚤 요리 저리 흘러갔다. 그리고 쉰 살이 되던 어느 가을, 동서울 버스터미널에서 첫 차를 타고 인제 원통을 지나 종점인 대진항 근처에서 내려 속초를 향해 남쪽으로 걸었다. 원래는 거진에서 내렸어야 했는데 지나치는 바람에 어쩔 수 없이 거리가 늘어났고 서울로 돌아가는 시간도 꼬여버렸다. 저녁 약속에도 아무래도 늦을 것 같았다. 더군다나 출발하기 전에는 동해의 푸른 바다를 따라 걷는 것을 상상했는데, 예상과 다르게 가을걷이 끝난 논과 냄새나는 축사와 공사 중인 도로를 걷는 코스가 자주 나타났다. 그나마 간혹 나타나는 동해 바다는 철조망을 둘러쳐서 눈에 무척 거슬렸다. 마음도 점차 베베 꼬였다. 그렇게 오십 먹은 〈투덜이 스머프〉가 가을 속을 걷고 있었다.

문득 〈무의식〉이 번쩍했다. 잠만 자던 무의식이 일어나 모처럼 아주 잠깐 일을 하더니 이내 다시 잠들었고, 이제는 무의식에게 자극을 받은 〈의식〉이 바삐 움직이기 시작했다. 쓱싹쓱싹 일을 하더니 내가 과거 척추분리증 척추 뒤쪽에서 척추 사이를 연결하는 관절이 있는데 이것이 분리되어 다리 통증을 유발하는 증세 환자였다는 기억을 불쑥 내 앞에 나타내 보였다. '아, 그랬었지. 그때는 아이들과 같이 걸으며 산책하는 게 바람이었지. 걷기만 해도 행복하겠구나. 그렇게 생각했었지.' 내가 걷는 일에 빠져든 것도 아마도 그때 그 다짐이 작용을 했던 것인가?

2009년 나는 베이징 지점장이었다. 글로벌 금융위기의 여파로 중국에 진출한 한국 기업의 매출이 반등할 기미를 보이지 않았고, 내가 맡고 있던 지점도 그 영향권에서 허덕이고 있었다. 설상가상으로 부임한지 일 년이 안 돼서 몇 명의 직원들이 회사를 떠났다. 출구가 보이지 않는 상황이었고, 아내와 아이들은 막 시작한 해외 생활에 적응하느라 나름대로 어려운 시기를 보내고 있었다. 고립무원에 홀로 서 있었다. 그런 어느 날 퇴근길에 문득 '걸어가야겠어'라는 생각이 들었고, 매연의 도시 베이징을 두 시간여 걸어서 퇴근을 했다. 그리고 업무 스트레스와 정비례해 점차 걷는 것에 빠져 들었고, 생각이 정리되었으며, 자신을 찾았고, 허허벌판에서 버틸 수 있었다. 아마도 그때 서른 다섯 살 때의 다짐이 나를 일으켜 세운 것 같다.

길을 나서기 전에 세웠던 세부적인 계획과 상상으로 그렸던 경치에 대한 허상을 내려놓고 오직 걷는 것에만 충실하자, 보이지 않았던 것들이 차츰 보이기 시작했다. 우리는 〈몇 시까지 어디에 도착해서 무엇을 먹고 무엇을 보고 몇 시에 서울로 가야 한다〉는 계획을 세우고, 그 계획대로 치밀하게 움직이는 것을 선호한다. 그러나 이런 습관은 간혹 우리의 눈을 가리고 귀를 막는다. 일은 잘 진행된다고 생각하겠지만, 길에서 보고 듣는 즐거움은 생략되어야 한다. 〈계획 진행 검증〉의 〈PLAN DO SEE〉의 논리와 관습에 익숙해져 재깍재깍 움직이지 않으면 안 된다는 강박관념의 감옥에 갇히면 자유인이 아닌 〈생각의 죄수〉로 그 길을 걸어야 한다. 지금까지 여러 길을 걷는 동안 단 한 번도 계획대로 된 적이 없었다. 교통편에 문제가 생기거나 일기예보가 틀리거나 숙소 화장실의 물이 제대로 내려가지 않거나, 심지어 맛집이라는 식당의 음식이 실제로는 형편없었던 적도 있었다.

내 두 다리로 걸을 수 있다는 것,
아무것도 아닌 것 같지만
엄청나게 큰 선물이고 기적이다.

〈그러려니〉 하면서 허우적허우적 내 체력에 맞게 길을 걷는 것이 상책이다. 우리가 사는 것도 같은 이치일 것이다. 미래에 대한 치밀한 계획을 세우고, 그 계획대로 되기 위해 자신을 몰아치고, 좌절하고, 스스로를 책망하고, 또 일어나 다시 계획을 수정해 앞으로 나아가는 것이 인생이 아닐 수 있다. 꿈과 희망이 있어야 하고, 없으면 억지로라도 만들어내야 하는 그런 것이 아닐 수 있다. 오늘 하루 살다 보면 내일을 만나고 내일 하루를 살다 보면 모레를 만나는 것. 꿈이 없어도 삶은 소중한 것이고, 그러다 꿈이 생기면 그것을 향해 나아가 보기도 하고, 실력에 비해 너무 높은 꿈을 정했으면 포기하기도 하는 것이다. 그래야 오늘 하루하루 속에 펼쳐져 있는 작은 아름다움을 보기도 하고 듣기도 할 수 있기 때문이다. 그렇게 걷다 보니 어느새 나는 인생을 즐기고 있었다.

오늘 하루 살다 보면 내일을 만나고 내일 하루를 살다 보면 모레를 만나는 것. 꿈이 없어도 삶은 소중한 것이고, 그러다 꿈이 생기면 그것을 향해 나아가 보기도 하고, 실력에 비해 너무 높은 꿈을 정했으면 포기하기도 하는 것이다.

손, 손님, 고객, 고객님, 고객님께

〈손〉이라는 단어를 아시는가. 손들어! 할 때 손 말고, 다른 뜻을 가진 손이다. 두 문장을 예로 들겠다. 그 가게에는 손이 많다. 우리 집에는 늘 자고 가는 손이 많다. 여기에 쓰인 손은 무슨 뜻일까? 그렇다. 찾아온 사람을 뜻하는 말이다. 손을 높여 부르는 말이 손님이다. 손님이란 단어는 알아도 손은 잘 모르는 세대다.

몇 해 전인가. KTX로 광주에 갈 때였다. 조는 듯 마는 듯 해롱거리고 있는데, 승무원이 객실로 들어온다. 어라. 나와 비슷한 상태로 의자에 앉아서 조는 승객들을 향해 목례를 한다. 그러더니 객실을 나갈 때도 돌아서서 승객들에게 고개를 숙인다. 아니, KTX 한 대에 객실이 열 개 넘게 매달렸는데 들어오고 나갈 때 인사를 저리 해대면 목이 남아나겠는가. 바로 코레일 홈페이지에 접속해서 난리를 쳤다. 이게 뭐 하는 짓이냐고. 승객들 보다 직원들 건강이나 챙겨주라고. 흥분해서 고래고래 소리치듯 썼는데, 나중에 짤막한 회신이 왔다. 고객 서비스 정책에 의거해 알아서 한다. 의견은 고맙단다.

손을 높여 손님이라 부르면 될 것을 누군가 어딘가에서 고객이라는 말을 찾아냈다. 손님보다는 뭔가 있어 보이는 느낌이란다. 아 놔. 그런 식으로 생각을 하니 조선시대에 한글을 안 쓴 것이다. 한문이 잘 나 보인다고. 고객(顧客)이 뭔 뜻이냐. 상점 따위에 물건을 사러 오는 손님이나 단골로 오는 손님이다. 맞다. 그냥 손님이다. 별 뜻 아니다. 고객, 고객 하다가 귀찮은 손님인 고객(苦客)을 만드는 거다.

대접을 못 받아 죽은 귀신이 붙은 민족인가. 뭘 그리 설설 기는지 모르겠다. 밤에 술 마시고 술집 앞에 있으면, 어느 높은 사람이 회식 끝내고 승용차에 타고 깜장 양복 입은 직원들이 도열해서 차 꽁무니를 향해 인사를 올리는 광경을 쉽게 목격한다. 조폭 아니냐고. 절대 아니다. 다 해봤으면서 모른 척하기는. 손을 높여 손님이라고 쓰다가 성에 차지 않아 고객이란 말을 쓰는데, 이 고객을 또 한 번 높인다. 고객님. 이렇게 말이다. 이게 뭔 말이냐면, 손님님이라고 부르는 거와 다르지 않다는 이야기다. 그러면 모든 단어에 님을 붙이자고. 학생님. 컴퓨터님. 지하철님. 바람님. 좋네. 여기서 끝이 아니다. 화룡점정이 남았다. 조사 '에게'의 높임말 '께'를 다시 붙인다. 고객님께. 이렇게 말이다.

계급장 떼고, 나이 묻지 말고, 직업 가리지 말고, 갑을 관계 따지지 말고, 서로 대등해야 한다. 만약 우리나라가 망한다면 여러 이유가 있겠지만, 그 가운데 하나가 높임말 때문일 게다. 높임은 높이는 사람에게는 하대(下待)이기도 하다. 높임은 단절이다. 높임은 권력이다. 높임은 낭비다. 머리 숙여 인사하는 것도 이제 그만하자. 그게 언제 적부터 우리 전통이었다고. 인간은 위도 아래도 수단도 아닌, 단지 인간으로 존재해야 한다. 그렇지 않으면 아무리 발전을 하고, 삶이 번지르르 윤이 난다 한들 모래 위에 쌓은 누각에 불과하다.

인간은 위도 아래도 수단도 아닌, 단지 인간으로 존재해야 한다.
그렇지 않으면 아무리 발전을 하고, 삶이 번지르르 윤이 난다 한들
모래 위에 쌓은 누각에 불과하다.

인생을 달 수 있는 저울은 없다

평가 만능 주의다. 숫자로 평가하지 못하는 것은 시대에 뒤떨어진 낡은 유물 취급을 받는다. 업무 실적을 평가한 결과는 순위를 매기고 돈을 더 주고 승진하는 근거가 된다. 외모도 평가해서 나라별로 우승자를 뽑고 그 우승자들을 모아 세계 대회를 연다. 평가가 필요한 것인가? 그 과정은 공정한가?라는 질문은 소용없다. 어떻게 해서라도 평가만 하면 된다. 평가는 흔들리지 않는 진리로 자리 잡았다. 성적 89점과 90점 사이에 있는 1점은 무엇인가? 물론 이 점수 차이로 당락이 결정되는 세태지만 그 1점은 과연 의미가 있는 것인가? 혈압 120은 고혈압 기준이다. 119는 고혈압이 아니다. 여기서 1은 또 무엇인가? 평가는 사람을 조바심 나게 만드는 재주가 있다. 평가 결과에 따라 희비가 엇갈린다. 누구는 환호하고, 누구는 슬퍼한다. 우리 삶도 분석하고 평가하려 한다. 마음속으로 남들과 비교해서 평가 항목을 만든다. 결혼, 자녀, 학벌, 직장, 소득, 집값... 이런 항목에 가중치를 두고 몰입한다. 그렇게 살아왔기에 당연히 이런 줄 안다. 그러나 인생은 변하는 수, 변수들이 모인 것이다. 사람마다 길이도 다르다. 출발도 다르다. 다시 말하면 인생은 너무 크고 복잡하다. 그리고 황홀할 정도로 아름답다. 그래서 평가할 수 없다.

이 세상에 존재하는 모든 것을
평가하고 순위 매길 수 있다고 치자.
그래서 그걸로 뭘 할 수 있단 말인가?

인생은 변하는 수, 변수들이 모인 것이다. 사람마다 길이도 다르다. 출발도 다르다. 다시 말하면 인생은 너무 크고 복잡하다. 그리고 황홀할 정도로 아름답다. 그래서 평가할 수 없다.

쉼(休息)에 대하여

쉰다는 것,
오늘을 사는 우리들에게 참 중요하다.
그런데 정작 이 쉼에 대해 얼마나
깊게 생각해 보았을까?

경쟁에 익숙한 우리들은
쉬는 것도 마치 달리기하듯 한다.
쉼이 진정한 휴식이 아니라
과한 소비를 낳고 이 소비는 다시
일해서 갚아야 하는 부채로 전환되는
이상한 경험을 젊어서 많이 했다.

글자를 가만히 들여다보다가
쉰다는 뜻의 한자를 써보았다.

休息

휴식을 파자(破字) 해보면 이렇다.
사람이 나무에 기대어 앉아(休),
스스로(自)의 마음(心)을 느끼는 것.

일상은
자신보다 남을 위한 시간이다.
직장 상사를 위해,

사회관계를 위해,
가족을 위해,
그러다 보니
정작 나를 잃어버릴 수 있다.
일상은
생계를 위한 중요한 수단이다.
이 일상이 건강하면서도
오래 지속되기 위해서는
나를 챙기는 바른 쉼이 필요하다.

일상은 생계를 위한 중요한 수단이다. 이 일상이 건강하면서도
오래 지속되기 위해서는 나를 챙기는 바른 쉼이 필요하다.

무명(無名)이 자유다

"어머, 안녕하세요?, 어디 가시나 봐요."

이웃이 내게 건네는 이 평범한 언어에 우리의 현재 모습이 고스란히 담겨 있다. 반갑게 인사를 하기는 했지만, 나를 알은체한 이웃은 내 이름을 모른다. 이름은 직장에서도 사원증이나 명패에 박제되어 있을 뿐이다. 이름 대신 김 대리나 박 과장같이 성과 직급을 붙여 사용한다. 요즘에는 이것도 길다고 줄인다. 김 팀장을 '김 팀'이라고 부른다.

학번, 군번, 사번, 주민번호, 핸드폰 번호 같은 숫자가 이름을 대신하기도 한다. '몇 번 손님'이라고 불리는 것은 흔한 일이다. 문자와 숫자를 조합한 아이디는 인터넷에서 쓰는 이름이다.

살다 보니 이름 없는 삶도 편하다. 누가 내 이름을 안다는 것은 나를 기억하는 것이기에 불편하다. 누군가의 기억 속에 있는 나를 바꿀 재간은 없다. 나는 그때 내가 아닌데, 나를 기억하는 사람은 그때 나로 알고 있다.

기억은 모순이고 오류다. 사진은 전체 풍경에서 일부 장면을 잡아낸다. 사람들은 사진을 보고 전체가 그런 줄로 안다. 기억도 마찬가지다. 사람들은 기억과 다른 것을 부정한다. 연예인이나 작가와 같은 유명인들은 고정되어 있는 사람들의 기억과 싸우느라 힘겹다. 무엇보다 기억은 현재가 아니라 과거다.

이름이 드러나지 않는 무명 상태에서는 자유롭다. 자유는 타인을 의식하지 않는다는 말이며, 나에게 온전히 집중한다는 의미다. 이름이 없다는 것은 각인된 기억에서 해방되었기에 다시 시작할 수 있다는 말이다. 돌이켜보니 나를 위해 살았던 적은 드물었던 것 같다. 새벽에 이 글을 쓰고 있는 나를 보니, 어느새 다 내려놓고 조용히 물러나는 은퇴가 가까운 나이가 되었나 보다.

이름이 드러나지 않는 무명 상태에서는 자유롭다. 자유는 타인을 의식하지 않는다는 말이며, 나에게 온전히 집중한다는 의미다. 이름이 없다는 것은 각인된 기억에서 해방되었기에 다시 시작할 수 있다는 말이다.

chapter 2

일 상
생 활

새 명함을 만들었어요

아직도 기억이 생생하다. 생애 첫 명함을 손에 들고 바라보았을 때 빛을 발하는 듯했던 찬란함이 말이다. 명함에 쓰인 활자화된 내 이름이 참으로 멋있었다. 신입이니 딱히 거래처도 없어 명함 줄 일도 없는데, 주머니에 꼭 넣고 다녔다. 명함은 마치 주상 전하가 친히 내린 마패와도 같았다. 지니고 있는 그 자체로 어깨가 펴졌다. 은퇴는 다름 아닌 명함을 버리는 일이다. 명함에 새겨진 직급이며, 직책이며, 회사 이메일 주소며, 내 이름까지도, 갑자기 스르륵 사라지는 것이다. 직업이 없는 무직으로, 소속이 없는 무소속이 되는 것이다.

깍두기

지구 여행가

지구여행가

—

지구를 여행하고 글을 씁니다.

#여행 #글쓰기 #생각

새 명함을 만들었다. 이름은 깍두기로 했다. 직업을 쓰란다. 직업은 〈지구 여행가〉로 정했다. 앞으로 어떤 서류에도 무직이라고 쓰지 않을 테다. 지.구.여.행.가 라고 또박또박 써야지. 열심히 핸드폰 자판을 손가락으로 두드리며 글을 써서 직업에 작가라고 추가해야지. 간단히 자기를 소개하라고 해서 〈지구를 여행하고 글을 씁니다〉라고 했다. 전문 분야를 세 개 쓸 수 있는데 〈여행, 글쓰기, 생각〉이라고 썼다. 아, 사진은 나하고 제일 비슷하게 생긴 놈으로 골랐다. 똑같군. 쌍둥이나 다름없어.

깍두기

👤 톡명함

명함을 공유하기를 눌러서 카톡으로 보낼 수도 있다. 내 블로그에도 바로 연결되고, QR코드로 만들 수 있어 상대가 QR코드를 스캔하면 내 명함을 볼 수 있다. 오호, 회사 명함보다 좋아 보인다. 앞으로 노매드(nomad) 여행가로 살 계획에 걸맞은 모바일 명함이다. 카톡 메뉴 〈지갑〉에서 만들 수 있는데, 3개까지 가능하다. 나는 실명과 깍두기, 이렇게 일단 두 개 만들었다. 나머지 한 개는 살다가, 최선을 다해 살다가, 새로운 부캐(부 캐릭터. 자신이 사용하는 주요 캐릭터 외의 캐릭터를 이르는 말)가 만들어지면 그때 그 부캐로 명함을 만들어야겠다. 삶은 여러 모습이니까.

산다는 것, 그리 거창한 화두가 아니다. 그냥 사는 것이다. 의미 없는 가치와 쓸모없는 목표를 과하게 입히다 보니 무겁게 변했을 뿐이다. 여러 사람이 삶에 대해 왈(曰) 왈(曰) 거리다 보니 정체가 모호해진 것이다. 아침이 밝으면 일어나서 움직이고, 밤에 어두워지면 잠들고, 나쁜 행동 삼가고, 할 수 있는 거 하는 거다. 여기에 스스로를 사랑할 수 있는 자애(自愛) 한 움큼 있으면 더할 나위 없겠지. 오늘 충무로 갈 일이 있는데, 간 김에 종이 명함도 만들까? 모바일 명함도 근사한데, 왠지 아직까지는 아날로그 냄새 물씬 나는 종이 명함이 요긴하게 쓰일 것 같기는 하다.

산다는 것, 그리 거창한 화두가 아니다. 그냥 사는 것이다. 의미 없는
가치와 쓸모없는 목표를 과하게 입히다 보니 무겁게 변했을 뿐이다.
여러 사람이 삶에 대해 왈(曰) 왈(曰) 거리다 보니 정체가 모호해진 것이다.

지구 여행가에 걸맞은 채비하기

해외 생활을 하다 보면 은근 신경이 쓰이고 거추장스러운 것이 헤어스타일이다. 서툰 외국어로 머리를 요리조리 예쁘게 깎아달라고 말하기는 쉽지 않다. 게다가 현지에서 유행하는 스타일이 따로 있어 자칫 방심하다간 이상한 머리로 돌아다녀야 한다. 헤어스타일은 고정된 자기 감각이 있어서 마음에 들지 않으면 다음 머리 깎을 때까지 기분이 쭉 좋지가 않다. 이 리스크를 어찌 처리할 것인가. 그것도 단칼에 간결하게 말이다. 빡빡이 헤어스타일을 선택했다. 바리캉을 사서 영화 아저씨에 나오는 원빈처럼 혼자 깎는다. 어떤 이들은 나를 보면 장이수가 떠오른다고 한다. 범죄도시에 나오는 장이수 말이다. 닮았단다. 도대체 뭔 말인지 도통 이해가 안 된다. 눈이 삐었다.

유목민처럼 돌아다니려면 건강이 중요하다. 나는 그동안 꾸준히 헬스장을 다녔다. 나이가 들면 근력운동이 중요하다는 이유 때문이다. 헬스장은 가성비 최고다. 월 10만 원 헬스장이면 하루 3천 원 밖에 안 된다. 커피 한 잔보다 싸다. 운동 기구 골고루 사용하고, 샤워도 포함해서 말이다. 담배는 끊은 지 8년이 지났고, 최근에는 술까지 끊었으니 내 몸에 해로운 것이 들어오는 걸 원천 차단했다. 금주(禁酒)는 인간미가 없다는 원성이 높아 절주(節酒)로 노선을 바꿀까 고민하고 있다. 유산소 운동은 걷기를 계속 유지하면 될 터이고, 이에 더해 여러 영양제를 뷔페식으로 먹을 생각이다. 영양제 무용론을 피력하는 사람들도 있는데, 그러든가 말든가 나는 먹을 생각이다.

집이 문제다. 일단 동네 부동산에 내놓았다. 임차인을 구해 달라고 했는데 기다려 봐야겠다. 자다 날벼락이라고, 임차인이 구해지면 딸은 독립을 해야 한다. 살기 좋은 방 구해서 혼자 살라고 하면 좋아할 줄 알았는데 나름 합리적인 논리를 펼치며 우크라이나 군인들처럼 저항을 했다. 나갈 수 없단다. 자기가 집을 잘 관리하면서 착한 세입자처럼 살겠다면서. 안 된다고 했다. 부녀지간에 의가 상할 뻔했으나 극적으로 타협이 되었다. 요즘 따님은 방 구할 생각에 정신이 없으시다. 그것 보라. 다 마음먹기에 달렸다. 그렇다고 미안한 마음이 아주 없는 것은 아니나, 삶이 그러하거늘 내 어찌 부러 그러했겠는가. 독립해서 편하게 막 살면 된다.

제3라운드 삶을 어떤 기록으로 남길 것인가? 이 문제에 대해서도 고민을 했다. 페이스북은 소통하기는 좋으나 기록용으로는 아닌 것 같고, 인스타그램은 젊은 감각을 쫓아가기에 버거울 듯하다. 유튜브는 그야말로 디지털 막노동인 것 같다. 촬영하고, 편집하는 데 노고가 심하다. 나를 고스란히 들어내는 것도 부담이다. 브런치, 내 이 브런치에 대해서는 할 말이 많다. 브런치가 좋을 듯해서 작가 신청을 했더니 안 된단다. 더 열심히 노력해서 다음에 도전하란다. 그것도 두 번이나. 거들떠보지도 않기로 했다. 삼세번이라 말하지 마시라. 글은 쓰면 글이다. 칫, 그걸 심사하다니. 네이버 블로그를 하기로 했다. 작년부터 일 년 열심히 했더니 이웃분들이 늘었다. 모조리 다 착한 이웃분들이다. 진짜로.

설렁탕집에서 주목받는 설렁탕이 되려고 애쓰지 않고, 설렁탕 옆에 무심히 놓인 그러나 제맛을 가진 깍두기로 살아가고 싶었다. 그 희망을 실행에 옮긴다. 집도 없이, 여행용 캐리어 하나에 등에 배낭을 멘 채로 떠돌 것이다. 우여곡절이야 있겠지만, 그 또한 경험이리라. 삶이 여행 아닌가. 곧 떠날 여행자의 시선으로 바라본다면 이 지구 구석 어딘가에 홀로 있을 아름다움을 발견하리라. 고독과 친구하고, 낯섦에 설레며, 풍경에 감탄하며, 내 보폭으로 걸어가 보자.

우여곡절이야 있겠지만, 그 또한 경험이리라. 삶이 여행 아닌가.
곧 떠날 여행자의 시선으로 바라본다면 이 지구 구석 어딘가에
홀로 있을 아름다움을 발견하리라. 고독과 친구하고, 낯섦에 설레며,
풍경에 감탄하며, 내 보폭으로 걸어가 보자.

걷기 명상 어떤가요?

걷기가 왜 좋은지 곰곰 생각해 본다. 안 가본 곳이나 경치가 좋은 곳을 걷는 뿌듯한 마음이 첫 번째일 것이다. 이는 여행에서 느끼는 감정과 비슷하다. 그러니 발이 아파도, 힘이 들어도 걷는 것일 게다. 그렇다면 뿌듯한 마음의 실체는 무엇일까? 남에게 자랑하려고, 다른 사람이 안 하는 걸 했다고, 아닐 것이다. 이유 치고는 동력이 약하다. 이 이유를 들고 그리 걸을 수는 없다.

나는 이 뿌듯한 마음을 〈평온〉이라고 해석하고 싶다. 해파랑길을 걸으면서 숙소가 애매한 코스에서는 텐트를 치고 잤었다. 텐트를 치며 길을 걷는 건 사실 쉽지 않다. 요즘 텐트가 가볍다고는 하지만 어쨌든 지고 다녀야 할뿐더러 칠 마땅한 자리를 찾기도 쉽지 않고, 어렵사리 텐트를 쳐도 밤새 바람 소리나 자동차 소리에 시달려야 한다. 캠핑장에서는 사람들이 또 얼마나 떠들고 마셔대는가. 걷기가 끝나고 집에 돌아오면 웬만한 소음과 불편은 나와 상관이 없게 된다. 텐트 치고 잘 때와 비교

하면 절간 수준으로 느껴진다. 마음이 잠잠해진 것이다.

명상(瞑想)은 무엇일까? 우리는 살면서 배움을 통해 지식을 갖춘다. 칼은 위험하다. 겨울은 춥다. 미국은 위대하다 같이. 지식은 사물에 대한 인식인데, 이를 상(想)이라 한다. 또한 살면서 겪은 경험은 기억으로 저장된다. 기억은 수시로 우리를 자극하고 흔든다. 이것도 상(想)이다. 배움과 경험이 상(想)을 만들고, 우리는 상(想)에 짓눌려 살아간다. 어린아이가 왜 순수한가. 삶이 짧아 미처 형성된 상(想)이 없기 때문이다. 명상에 명(瞑)은 눈을 감는다는 뜻이다. 눈을 감아 상을 사라지게 하는 행위가 다름 아닌 명상이다.

명상은 목적이 아니라 과정이다. 마음이 왜곡되지 않고 순수한 상태인 것을 초월(transcendence)이라 한다. 나는 이 초월을 평온이라 부르는데, 어떻든 이 수준에 이르는 방법이 명상(meditation)이다. 가부좌 틀고 벽 보고 앉아 있는 것도, 몸을 배배 꼬고 힘든 자세를 유지하는 요가도 명상이다. 방법이 어떠하든 마음이 평온해지면 되는 것이다. 모로 가도 서울만 가면 된다. 그렇다면 걷기도 명상이 될 수 있다. 운동도 되고. 도랑을 쳤는데, 덤으로 가재도 잡는 격이다.

걷다 보면 만둣집에서 솟는 김처럼 여러 잡념이 떠오른다. 상(想)이다. 발도 아프고, 갈증도 나고, 길은 또 왜 이리 꼬불꼬불 만들었는지 짜증도 난다. 어느 순간 모든 것이 사라지고, 쉬고 싶은 간절함만 남는다. 상이 없어진 어둠 상태가 된다. 군더더기 생각이 없어지고 평안하다. 걷기가 명상이 되려면 홀로 걸어야 한다. 하하 호호 걷는 건 운동은 되지만, 명상으로 발전하지 못한다. 익숙한 곳보다는 생경한 곳을 걸어야 한다. 편안한 길이 아닌 힘든 길이 상이 없는 어둠으로 이끈다. 인생길을 걷는 것이 삶이니 명상이라 생각하고 살면 사는 게 좀 나아지려나.

배움과 경험이 상(想)을 만들고, 우리는 상(想)에 짓눌려 살아간다.

어린아이가 왜 순수한가. 삶이 짧아 미처 형성된 상(想)이 없기 때문이다.

명상에 명(瞑)은 눈을 감는다는 뜻이다.

눈을 감아 상을 사라지게 하는 행위가 다름 아닌 명상이다.

낯선 역에서 여행을 떠올리며

여행이라는 게 뭐 별것인가, 그냥 집을 나서면 여행이지. 근데 우리는 이동하고, 자고, 먹고, 보는 것을 하나로 묶은 패키지여행을 좋아하지. TV를 틀면 홈 쇼핑에서 갈치나 소고기 파는 것처럼 여행을 팔고 있어. 여행은 살까 말까 망설이며 들었다 놨다 하는 무나 배추가 된지 이미 오래야. 물건을 사면 기분은 좋은 것 같다가도 금방 사그라들어서 갈증이 생긴다는 게 문제야. 사고 또 사도 계속 허전한 거야. 여행은 그래서는 안 되는 건데.

여행은 이별이야. 눈 감고도 다닐 만큼 익숙한 곳에서 어디가 어딘지도 모르는 어색한 곳으로 나를 옮기는 것이지. 어색한 곳이 정이 들 즈음이면 다시 생경한 곳으로 떠나야 하고. 사랑하는 사람과 이별을 앞두고 있다고 생각하면, 마음이 찢어질 것 같잖아. 여행자의 시선은 언제나 애처롭고 아름다운 거야.

사람들은 외로움을 무서워해. 혼자 있기를 겁내지. 여행을 하면 외로움이 얼굴에 난 뾰루지처럼 항상 붙어 다닐 거야. 엄청 신경 쓰이고 거슬리지. 여행은 용기야. 브레이브 하트라고. 내가 스스로 원해서 무서운 외로움을 감히 만나기로 작정한 거니까. 기왕에 하는 여행이라면 혼자 하는 여행, 혼행이 최고야.

여행은 배움이지. 여행 갔다 온 사람들은 하나같이 똑같아. 어쩌고저쩌고 막 떠들잖아. "거기 갔더니 글쎄 말이야....." 이러면서. 뭘 배우면 자랑하고 싶어지는 거니까. 애들이 유치원에서 돌아오면 그날 배운 거 좋알좋알 쏟아내는 그런 배움이 여행이야. 즐거운 배움이지.

기차 시간이 한 세 시간 남았다고 쳐. 딱히 커피 마실 데도 없어. 그냥 햇살 그대로 비치는 벤치에 앉아 바닥에 기어 다니는 개미들이나 보고 있잖아. 낯선 기차역에서 말이야. 그럼 지금 진짜 여행을 하고 있는 거야. 진짜는 말이야, 좀 시시하고 그냥 그래 보이는 거야. 가짜가 화려하고 짜릿하지.

그냥 햇살 그대로 비치는 벤치에 앉아 바닥에 기어 다니는 개미들이나 보고 있잖아. 낯선 기차역에서 말이야. 그럼 지금 진짜 여행을 하고 있는 거야. 진짜는 말이야, 좀 시시하고 그냥 그래 보이는 거야. 가짜가 화려하고 짜릿하지.

내가 글을 쓰는 이유

나는 어릴 때부터 글쓰기에 집착한 것 같다. 글 잘 쓴다는 칭찬이나 백일장 입선 같은 우수한 업적은 물론 없었지만, 하여튼 잘 쓰고 싶어 했던 기억이 난다. 글쓰기는 어떤 매력이 있길래 어린 시절의 나를 유혹했고, 중년이 된 나는 왜 블로그에서 이렇게 글을 쓰고 있는 것일까? 내가 글을 쓰는 까닭은 이렇다.

글쓰기는 해소(解消)다. 아마도 수다를 떨면 스트레스가 풀린다고 말하는 사람들이 느끼는 그런 쾌감일 것이다. 풀어내지 않으면 계속 머릿속에 남아서 나를 괴롭히는 생각의 여러 조각들, 이것들을 빗질을 하듯 깔끔하게 정리하는 방법이 글쓰기다. 요리조리 굴비 묶듯 엮어 글로 만들어 내면 속이 시원해진다. 화장실에서 막중한 임무를 성공적으로 완수했을 때 찾아오는 그런 해갈이다.

글쓰기는 합체(合體)다. 나는 둘인데, 이성의 통제를 받는 나와 무의식의 통제를 받는 나다. 낮이나 여럿이 있을 때, 차분할 때, 아무 일 없을 때는 주로 이성이 지배한다. 밤이나 혼자 있을 때, 흥분할 때, 큰일이 생겼을 때에는 무의식이 시키는 대로 한다. 이 무의식을 욕망이라 불러도 무방하겠다. 어쨌든 글을 쓰면 이 두 개의 내가 만난다. 사실 나는 욕망 덩어리고, 그걸 감싸고 있는 얇은 막이 이성이라는 걸 깨닫는다.

글쓰기는 화해(和解)다. 특히 어떤 문제에 대해 글을 쓸 때 두드러진다. 예를 들어 그냥 단순하게 〈나쁜 놈〉, 〈잘못했네〉, 〈형편없네〉 이렇게 치부하면 될 것을 글로 쓰려고 하면 자세히 들여다봐야 한다. 반대쪽 입장에서 보기도 하고, 혹시 원인이 다른 곳에 있지 않나 잘 살펴야 한다. 표현도 나름 가려서 하고, 대안도 마련해야 한다. 그러다 보면 과부 마음 홀아비가 아는 것 같은 상태를 경험하게 된다. 정치나 사회문제보다는 자기 기억과 화해하기가 더 쉽다.

글쓰기는 몰입(沒入)이다. 지루함은 형벌이며, 자칫 잡념과 망상을 낳는다. 글을 쓰면 바쁘다. 그래서 시간이 흐르는 것을 망각한다. 소재를 찾고, 구성을 하고, 게다가 우리말 맞춤법은 또 얼마나 어려운가. 잘 썼던지 그렇지 않던지, 한 편의 글을 완성하면 성취감도 있고, 긴 각성 상태에서 해제되면 기분 좋은 피곤도 몰려온다. 글쓰기로 인한 몰입은 중요한 일에서 점차 배제되면서 슬슬 뒷방으로 물러나는 중년에게 특히 효험이 있다.

글을 잘 쓰고 싶다는 욕심은 버렸다. 단지 내 머릿속에 있는 생각을 손가락이 제대로 옮겨주기를 바랄 뿐이다. 머리도 손가락도 다 내 것이거늘, 어찌 이 둘은 협력하기를 이다지도 싫어하는지 알다가도 모를 일이다. 이 둘이 딱 하나로 되는 그날까지 쓰고 또 써 보자. 그까짓 거.

머리도 손가락도 다 내 것이거늘, 어찌 이 둘은 협력하기를 이다지도
싫어하는지 알다가도 모를 일이다. 이 둘이 딱 하나로 되는 그날까지
쓰고 또 써 보자. 그까짓 거.

두기 씨(氏)의 마지막 골프 라운딩

새벽 네 시 이십 분. 두기 씨는 까치발로 살금살금 현관까지 가서 조심스레 골프 백을 어깨에 메고 집을 나선다. 걸어서 오 분 거리에 있는 편의점 앞 야외 테이블에 취한 남자와 조금 덜 취한 여자가 마주 앉아서 대화를 하는데, 자못 심각해 보인다. 테이블 위에는 캔맥주 네댓 개가 널브러져 있다. 두기 씨는 보스턴 대학 학생들이 들고 다녀서 보스턴백이라고 부르는 가방을 시커멓고 긴 골프백 옆에 내려놓고는 택시를 잡는다.

"풍납동 현대리버빌 1차 아파트 정문이요."

택시가 낮 경치와 밤경치 모두 일품인 한남대교를 지나 올림픽대로로 들어선다. 두기 씨는 골프를 음악만큼 싫어한다. 골프를 한 지 오래되었지만 영 친해지지 않는다. 비용도 많이 들고, 시간도 낭비하는 것 같고, 그렇다고 운동이 되는 것도 아니다. 게다가 자가용 없는 뚜벅이라 골프 치러 갈 때면 골프 백을 메고 집을 나선 다음에 택시로 라운딩 같이 할 동반자 집까지 가서 차를 얻어 타야 한다. 궁상스럽기도 하고, 귀찮기도 하다.

"골프는 중국이나 동남아에서 할 운동이지, 대한민국은 아녀. 이 나라는 말이야. 뭐든지 과해. 도가 지나치다고. 이 새벽에 이것이 뭐 하는 짓이여. 참말로."

아파트 정문에서 목을 쭉 빼고 동반자 차가 나오는지 두리번거리며 비 맞은 중 마냥 중얼거린다. 두기 씨 빡빡머리 위로 가로등 불빛이 소복하게 내린다.

"오래 기다리셨어요?"

"아니. 방금 막 왔어."

사실 삼십 분 전에 도착했으면서도, 짐짓 시간에 맞춰 온 것 마냥 '방금'과 '막'이라는 부사를 동시에 쓴다.

"머리는 왜 그렇게 깎으신 건데요?"

차가 중부고속도로에 들어서자, 동반자는 두기 씨가 충분히 예상했던 질문을 던졌다.

"머리가 말이여, 신체 부위 중에 제일로 거시기 해. 뭐냐면 고비용 저효율의 표본이지. 이발하고 샴푸하고 염색하는 고정비가 엄청나지. 근데, 머리가 하는 일이라곤 죄다 엉뚱한 짓뿐이잖여. 그래서 깔끔하게 혁신을 한 거지. 빡빡이로."

"아, 네"

차는 한참을 달려 골프장에 도착했다. 식당에서 라운딩을 같이 하는 동반자들과 아주 비싼 국밥에 아주 더 비싼 계란 프라이를 먹는데, 두기 씨는 머리를 빡빡이로 깎은 이유를 또다시 읊조려야 했다.

'에이, 머리 깎은 이유를 등짝에다 써 붙이고 다니던가 해야지. 참 마판해. 정말.'

두기 씨는 골프 카트가 있는 곳으로 걸어가면서 중국어로 귀찮다는 뜻의 mafan 麻烦까지 써 가며 짜증을 낸다.

"두기, 따블이지? 아니 투 온에 따블은 좀 심한 거 아냐?"

1번 홀은 일파만파여서 파, 2번 홀은 트리플, 3번 홀은 따블을 한 두기 씨는 4번 홀에서 회심의 드라이버 샷에 이은 안정적인 아이언 샷으로 온 그린에 성공했다. 좀 멀기는 해도 붙이기만 해도 파였다. 퍼터를 떠난 공은 쌩하고 속도를 내더니 홀컵을 본체만체하고 한참을 자나 쳤다. 그다음 퍼팅은 조금 짧았고, 결국 따블로 홀 아웃을 했다.

'앞으로 골프 안 하기로 한 결정은 잘 한 거야. 이거 원. 이게 그린이냐고? 아마추어들이 이런 데서 어찌 퍼팅을 하라고. 하여튼 이 나라는 과하다니까. 모든 것이 너무 진지해.'

다음 홀로 이동하는 카트에 앉은 투덜이 스머프 같은 두기 씨는 겉으로는 대범한 듯 허허거렸지만, 속은 오줌 누다 만 것처럼 찜찜했다.

"자, 한 잔씩 드시지요."

"아이고, 수고했습니다."

전반전을 끝내고 그늘집에서 두부김치에 막걸리를 마신다. 두기 씨가 입을 연다.

"골프장 올 때마다 느끼는 건데요. 아무리 그래도 이건 지나칩니다. 거의 사깁니다. 두부김치 이게 삼만 오천 원, 말이 됩니까? 두부 반 모, 김치 한 움큼, 돼지고기 한 주먹. 그리고 이 막 걸리 보세요. 이게 편의점에서 얼만데, 만 이천 원을 받으면 우짭니까? 예쁜 주전자에라도 담아서 내오면 모를까. 그치요?"

"어이, 두기. 그냥 마셔."

"아. 네."

후반 12번 홀, 두기 씨가 친 드라이버가 허공을 가르자, 공은 제트기처럼 푸른 창공으로 빠르게 날아간다. 캐디가 "뽀오롤" 하고 소리치더니 오비라는 진단을 내린다. 아웃 오브 바운드, 전문 용어로 '공이 죽었다.'라는 말이다.

'우리나라 골프장은 이것도 문제야. 온통 산을 깎아 만들어서 코스가 지그재그야. 왼쪽은 절벽 오른쪽은 오비, 대부분 골프장이 다 이래. 아, 오비 없고 넓디넓은 중국 골프장이 그립다. 땅 좁은 나라는 골프장 만들면 안 되는 거야'

두기 씨의 후반 홀 성적도 전반 홀과 도긴개긴이었다. 일 년에 두세 번 치는 골프니 성적을 말해 뭐 하겠는가. 마지막 18홀을 끝내고, 서로 악수하고, 골프채 숫자 확인하고, 샤워하러 간다. 골프장 오고 나서 웬일로 두기 씨 표정이 밝다. 희멀건 미소가 얼핏 보인다.

"야, 두기 몸 봐라. 배에 그거 뭐야. 쓰다 만 왕 자(字) 아냐?"

사실, 두기 씨가 골프장에서 제일 좋아하는 곳이 바로 이곳 목욕탕이다. 배 나온 아저씨들이 자신의 근육질 몸을 슬쩍슬쩍 쳐다보는 눈길이 그리 좋을 수가 없다. 머리카락도 없어 남보다 빨리 목욕을 끝낼 수 있는데도 세월아 네월아 한다.

"자, 다들 한 잔씩 합시다."

"오늘 즐거웠습니다."

골프장에서 조금 떨어진 식당에서 뒤풀이를 하는데, 이것 역시 두기 씨가 아주 좋아하는 코스다. 골프 치고 술 마시는 코스. 폭탄주가 서너 잔 들어가자 얼굴부터 머리끝까지 잘 구워진 맥반석 계란 색깔로 변한 두기 씨가 말문을 연다.

"오늘이 제 인생에 마지막 골프였습니다. 함께해 주셔서 감사합니다."

"왜? 이제 골프 안 치려고?"

"그만하려고요. 나중에 은퇴하면 할 수 없는 것들은 미리 그만 두는 게 좋을 것 같아서요. 할 수 있고, 하면 마음이 좋아하는 것에 집중해야죠."

얼큰하게 취한 두기 씨는 골프장으로 왔던 역순으로 풍납동까지 차를 얻어 타고 왔다. 카카오가 먹통이다. 택시 호출 불가다. 뭔 일이야, 보스턴백과 골프 백을 끌다시피 큰 길로 나와 택시로 갈아탄 다음 동네 어귀에서 내렸다. 골프 백을 메고 갈 지자로 비틀거리며 걷는 뒤태가 무사가 칼 찬 모습이다.

"오늘 마지막 골프 어땠어요?"

"잘 쳤어. 100점 넘었어."

"호호호. 잘 쳤네요."

현관에 세워져 있는 골프 백을 바라보던 두기 씨가 아내에게 조언을 구하는 어투로 말을 건넨다.

"골프채를 어떻게 해야 하지? 십오 년은 더 된 거라 누굴 줘도 욕먹을 거고. 골프채는 재활용인가? 어떻게 버려야 해?"

"그거 그냥 밖에 내놓으면 폐지 줍는 어르신이 금방 가져가요. 신경 안 써도 돼요."

두기 씨는 알아들었다는 듯 고개를 끄덕이더니 골프 백에서 이름표를 떼어냈다. 몇 년 전인가 골프 백에 이름표가 없어서 캐디한테 한소리 들었다고 아내에게 말했더니, 커다란 낙엽에 '깍두기'라고 이름을 쓰고 비닐 코팅을 해서 만들어 준 깍두기 아내 표 핸드메이드 이름표였다.

'이 건 잘 간직해야지.'

"그만하려고요. 나중에 은퇴하면 할 수 없는 것들은 미리 그만두는 게 좋을 것 같아서요. 할 수 있고, 하면 마음이 좋아하는 것에 집중해야죠."

책을 모두 버렸다.

나는 꽤 신경 써서 만든 서재를 가지고 있다. 지하 두 평 남짓한 공간에 책상과 책장을 들여놓고 나만의 서재를 만들고 책을 채웠다. 책이 가득한 이곳에 있으면 나 자신이 뿌듯하게 느껴졌다. 그러던 어느 날, 책을 다 정리해야겠다는 생각이 들었고 몇 달 고민하다가 행동으로 옮겼다. 팔 수 있는 책은 알라딘 중고 서점에 팔았다. 알라딘 앱을 설치하고, 앱으로 책 뒷면 바코드를 스캔하면 책을 얼마에 매입하는지 아니면 매입 불가인지를 알 수 있다. 책들을 일일이 스캔해서 팔릴 가능성이 있는 것만 골라내서 12박스 180권을 알라딘에 택배로 보냈다. 금액은 입금되지 않아 아직 모른다. 팔 수 없는 책은 폐지를 줍는 우리 동네 어르신께 드렸다. 끌차로 두 번에 걸쳐 실어가셨다.

서재가 텅 비었다. 가족 앨범 몇 권과 몇 년 뒤 떠날 세계여행을 위한 여행안내서와 영어 교재 정도만 남았다. 어차피 버릴 책들이었다. 나는 은퇴를 하면 거처를 정하지 않고 세상을 떠돌 계획이다. 그러려면 가지고 갈 수 있는 짐이라곤 배낭 한 개 정도가 전부이니 책들은 당연히 처분할 생각이었다. 그래도 아쉬웠다. 책으로 위로를 받았고, 깨달음을 얻었으며, 가짜를 멀리하고 진짜를 사랑할 용기를 배웠다. 두세 번 곱씹으며 더 읽어야 책들도 있었다. 어떤 책은 오랜 친구처럼 너무 친했다. 이런 책들을 팔 것과 버릴 것으로 분류하고 있는 내 모습이 어색했다.

지식은 지혜로 향하는 디딤돌이기도 하지만 남을 판단하고 자기를 드러내는 수단이 될 수도 있다. 언제부터인가 내가 지식에 빠져 있다는 느낌을 받았다. 아는 것을 떠벌이고 자랑하고 있었다. 고기를 잡았으면 그물을 버리고, 강을 건넜으면 배를 잊어야 하거늘, 그물과 배를 짊어지고 다니며 으쓱대고 있었다. 책은 계속 열심히 읽을 생각이다. 그러나 지식의 증거로 쌓아두지는 않겠다. 세월이 지나도 텅 빈 서재가 그대로 있기를 바란다.

언제부터인가 내가 지식에 빠져 있다는 느낌을 받았다.

아는 것을 떠벌이고 자랑하고 있었다.

고기를 잡았으면 그물을 버리고, 강을 건넜으면 배를 잊어야 하거늘,

그물과 배를 짊어지고 다니며 으쓱대고 있었다.

빡빡이 비스무리하게 머리를 깎았다

1988년 1월 논산으로 입대할 때 짧게 머리를 깎고는 긴 세월이 지난 2022년 6월에 다시 머리를 깎았다. 빡빡이 비스무리하게.

미용실에 가서 머리를 밀겠다고 했더니 조금 더 고민해 보는 것이 어떠냐고 조심스럽게 제안을 했다. 살짝 망설였지만 결국 감행했다. 거울을 통해 민둥산으로 변해가는 머리를 보면서 이 계획을 실행에 옮기는데 참 많은 시간을 허비했다는 생각이 스쳤다. 이게 뭐라고.

우리 신체 부위 중에 머리가 가장 고비용이다. 남자들은 매월 1~2만 원 정도 이발비를 지불해야 하고, 샴푸에 린스에 염색에 소모품도 많이 든다. 여기에 머리 스타일 때문에 아침마다 시간을 허비해야 하고, 만약에 탈모 조짐이라도 보이면 그야말로 비상이다. 약도 먹고 심는 것까지 고민해야 한다. 오죽하면 탈모 관련 비용을 건강보험으로 처리하겠다는 대통령 선거 공약까지 나왔겠는가? 머리는 참으로 무거운 부위다.

오십 중반에 머리를 깎고 출근했더니, 사무실 동료들이 서로들 눈치만 보고 차마 말을 건네지 못한다. 아마도 내 신상에 무슨 큰일이 생겼을 거라고 생각하는 눈치였다. 그리고 사람을 만날 때마다 상황을 설명해야만 했다. 번거로웠다. 그래서 페이스북과 카톡에 머리 깎은 사진을 올렸다. 알아서들 해석하라고. 그래도 고집 센 사람들은 기어이 입을 떼어 물었다. "왜 머리를 깎았어?"

"그냥. 깎아보고 싶었어."
자세히 설명해도 어차피 듣지 않을 것이기에 대충 얼버무렸다. 이 세상은 딱 두 가지로 분류할 수 있다. 〈내가 할 수 있는 것과 할 수 없는 것〉, 모든 고통은 그중에 할 수 없는 것에 집착하면서 시작된다. 그나마 할 수 있는 것도 사람들 눈치와 이런저런 형편 때문에 머뭇거린다. 결국 할 수 있는 건 하나도 없게 된다. 그래서 할 수 있는 걸 하기로 했다. 내 머리이니 내 맘대로 하자! 왜 하냐고? 내가 할 수 있는 일이기 때문이다. 달리 또 뭘 하겠는가?

- 빡빡이 후기

익숙해지기 전에는 거울 속 나를 보고 흠칫 놀란다. 여름에 시원할 줄 알았는데 햇빛이 직통으로 내리쪼여 따갑다. 겨울엔 무척 시릴 것 같기도 하다. 사람들이 귀찮게 하지 않는다. 접근하기 힘든 모양이다. 머리카락이 조금 자라니 들쭉날쭉 모양새 잡기가 쉽지 않다. 그래도 깎기를 잘 했다.

이 세상은 딱 두 가지로 분류할 수 있다. 〈내가 할 수 있는 것과 할 수 없는 것〉, 모든 고통은 그중에 할 수 없는 것에 집착하면서 시작된다. 그나마 할 수 있는 것도 사람들 눈치와 이런저런 형편 때문에 머뭇거린다. 결국 할 수 있는 건 하나도 없게 된다. 그래서 할 수 있는 걸 하기로 했다.

한규, 봉현이, 호재, 태규

언제였더라. 송년회 때 블루스퀘어에서 뮤지컬을 봤다.
한규, 봉현이, 호재, 태규 사진을 내가 찍어줬다.

며칠 전에 한규가 카톡을 했다. 한번 보잔다. 좋다고 했다. 갑자기 추워지는 날에 서소문동에 있는 서문회관에서 만났다. 한규와 태규가 먼저 와 있었다. 한규는 머리카락을 닭 벼슬처럼 위로 올리는 스타일이다. 목소리도 좋아서 회사 행사에서 사회를 많이 봤다. 태규는 그새 깔끔해졌다. 장가간 지 채 세 달이 안 된 새신랑이다. 이 둘은 규자 돌림이지만 형제는 아니다. 이어서 호재가 왔다. 시장에 호재가 있어야 주식이 오른다며 놀리곤 했었다. 호재는 노무사인데도 여러 자격증 공부에 열심이다. 조금 늦게 봉현이가 오는데, 살이 빠져 잘 생겨 보이고 멋있어졌다. 익숙하지 않은 업무에 바쁘단다.

우선 내 근황을 보고했다. 사표 날림과 금주를 간결하게 설명했다. 사표는 그럴 줄 알았다는 표정이었지만, 금주는 어차피 성공하지 못할 거란 얼굴이었다. 제주 가서 놀고 해외도 갈 거라고 뻥 조금 섞어서 막 이야기하니까 부러워하더니 이내 풀이 죽는다. 직장 생활이 힘들지. 짠하다. 젊음이 늙음을, 현직이 은퇴를 부러워하는 세태가 아프다. 오래 다니면 집 대출도 없어지고, 나처럼 될 수 있다고 단호하게 말했더니 활기를 찾는다. 이 넷은 내가 부장이었을 때 함께 일했던 후배들인데, 호재가 사십 초반으로 나이가 제일 많다. 지금은 다들 전직해서 다른 직장에 다닌다.

술이 조금씩 들어가자 옛날이야기로 서로 공방을 해댄다. 나 몰래 아침마다 자기들끼리 커피 마시러 돌아다녔다고 우스워 죽겠다고 깔깔거린다. 그러고 보니 그때 아침나절이면 유난히 빈자리가 많았어. 난 어디 가서 회의하는 줄 알았지. 진로 한 병 추가요, 하고서는 대놓고 나를 공격한다. 내가 성질을 냈다고, 뭐 어쨌다고 하는데 난 통 기억이 없다. 발뺌이 아니라 진짜 기억이 없다고 하니 자기들끼리 무슨 사건 조사하듯 조각을 맞추기 시작한다. 아, 이때 눈앞에 있는 저 소맥 한 잔을 들고서 술 마시자, 이 한마디면 분위기 확 바꿀 수 있는데 금주를 선언했으니 그냥 당하고 있을 수밖에. 내 화려한 취권(醉拳)도 이젠 무용지물이구나.

공방의 방향을 내게서 딴 데로 돌리기 위해 작전타임 부르듯 옛날불고기 시켜줬다. 잘 먹어야 힘내서 남은 세월 열심히 일하지 않겠는가. 새싹 같은 젊은이들이 잘나가야 한다. 늙음은 조용히 물러나서 그들을 응원해야 하는데, 노욕(老慾)이 과한 세상이다. 난 1차까지만 있고, 2차는 참석 안 하겠다고 하니 술 때문에 그러냐고 눈을 동그랗게 뜨며 말한다. 그냥 편안하게 마시라고 했다. 젊은이들끼리 할 말이 많을 거 아니냐며. 그랬더니 12월에 또 보잔다. 사표 쓴 사실을 몰랐으니 은퇴 기념식은 해야 한다고 우긴다. 제주도에 빨리 갈 수도 있다고 하니 제주도까지 따라올 기세다. 술의 힘은 역시 대단하다. 악수도 하고 껴안기도 하며 헤어졌다. 자기들끼리 치킨집 갈까 어쩌고 하는 소리를 뒤로하고 걸음을 재촉한다.

406번 버스를 타고 집으로 간다. 버스 문이 열릴 때마다 찬 기운이 화아악 달려든다. 버스가 서울역을 지나 남대문시장을 거쳐 남산 1호 터널을 빠져나간다. 같이 사진이라도 찍을 걸 그랬나 하는 후회가 든다. 보고 싶을 텐데. 술 안 마시고 물만 마셨는데도 취한 듯 마음이 울컥한다. 그래도 부장이었다고, 자기들끼리 만나도 되는데 불러내서 보자고 하니 고맙다. 착한 후배들이다. 평소 같으면 지나치지 못했을 편의점에 있는 4개 11,000원도 건너뛰고 집으로 종종걸음을 친다. 태규는 뭐라더라 정자가 왕성한지 그런 검사받으러 간다고 했는데, 꼬리를 흔들며 마구 돌아다니는 왕성한 정자가 드글드글 하다는 결과를 받았으면 좋겠다. 바람은 찬데, 마음은 훈훈한 겨울밤이다.

공방의 방향을 내게서 딴 데로 돌리기 위해 작전타임 부르듯 옛날불고기 시켜줬다. 잘 먹어야 힘내서 남은 세월 열심히 일하지 않겠는가. 새싹 같은 젊은이들이 잘나가야 한다. 늙음은 조용히 물러나서 그들을 응원해야 하는데, 노욕(老慾)이 과한 세상이다.

자잘한 부조리가 가득한 삶에서

청량리에서 동해 가는 기차를 예매하고, 한 역 전인 서울역에서 탔는데, 서울역에서 청량리역까지 운임은 물론이고 원래 운임에 50%를 할증 운임으로 징수했다. 할증은 부당하다고 말했지만 규정이란다. 앞뒤가 맞지 않는다. 부조리하다. 항변한다고 받아들여질 상황도 아니고 금액도 3만 원 정도이니 그냥 넘어간다. 그래도 뭔가 이상하단 생각이 자꾸 든다. 서울역에서 청량리역까지 요금에 할증, 여기까지는 이해가 된다. 조리(條理) 하다.

맞다. 자잘하고 사소한 것이다. 그냥 없던 일로 생각하려 하는데 신발에 돌멩이가 있는 것처럼 불편하다. 뇌는 이런 일과 비슷한 경험들을 기억의 창고에서 꺼내기 시작한다. 한두 개가 아니다. 학창 시절에 음악 실기시험이 있었다. 선생님 피아노 반주에 노래를 부르거나, 들려주는 음계를 맞추거나 그랬다. 이게 노력하면 된다고? 그럼 다 가수게? 지독한 음치인 나는 절망을 배웠다. 나는 백신 미접종자다. 법률에 의해서 한구석에서 혼밥을 할 때, 사람들로 꽉 찬 밀도 높은 식당을 둘러보면 마스크 벗고 막 떠들어대며 밥을 먹고서는 거리로 나가면서 마스크를 쓰윽 낀다. 소수자였던 나는 그런 다수자의 모습이 이상했고 불편했으며 답답했다.

부조리는 일치하지 않는 것이다. 내 생각에는 이래야 하는데 현실에는 다르게 일어나는 것, 생각과 현실이 부딪히는 것이다. 왜 이런 불일치가 생길까? 아마도 개인과 집단이라는 두 존재가 서로 으르렁거리기 때문일 것이다. 〈나〉는 〈누군가〉로 사는 운명인데 바로 이 운명이 부조리를 낳는다. 가족, 학생, 회사원, 주민, 국민 등등 이런 누군가로 살아가는 동안 수많은 통제와 도매금 취급을 받아야 하고 이 과정에서 부조리가 만들어진다.

그러고 보면 삶은 부조리 그 자체다. 자갈 위를 걷는 불편한 걸음이고, 사이즈 큰 바지를 입은 모양새이고, 윗사람 앞 억지웃음 같은 것이다. 부조리를 피할 마땅한 방법도 딱히 없다. 기껏해야 은둔, 귀촌, 자연인 정도가 있을까?

그래도 한 가지 위안이 되는 것은 부조리를 느낀다는 것은 내 존재를 내가 인정하고 있다는 것이다. 뭐 어찌할 방법이 없어서, 그래서 가만히 있는다고 해서, 내가 없는 것은 아니다. 밟으면 꿈틀하게 하는 것, 이것이 바로 부조리다.

그래도 한 가지 위안이 되는 것은 부조리를 느낀다는 것은 내 존재를 내가 인정하고 있다는 것이다. 뭐 어찌할 방법이 없어서, 그래서 가만히 있는다고 해서, 내가 없는 것은 아니다. 밟으면 꿈틀하게 하는 것, 이것이 바로 부조리다.

부사 〈잘〉, 너의 죄가 참으로 크구나!

"오늘 짐(朕)이 친히 국청을 열어 나라의 기강을 문란하게 한 부사(副詞) 〈잘〉의 죄를 논하려고 한다. 내 친히 죄인의 잘못을 소상히 밝힐 터이니 대소신료들은 마땅히 새겨들어야 할 것이다."

"성은이 망극하옵니다."

"죄인 부사 〈잘〉의 잘못은 이러하니라."

첫째, 〈잘〉은 직무유기의 잘못을 범하였다.

무슨 말인고 하니, 부사는 모름지기 말 앞에서 그 말을 분명하게 해야 하거늘, 이를 제대로 하지 않아 오히려 헷갈리게 하였다. 그 사례는 이렇다. "공부 잘하지?"라고 말한다면 도대체 몇 등을 해야 공부를 잘하는 것인가?

둘째, 〈잘〉은 미풍양속을 해(害) 하였다.

그 이유는 이러하다. 멀쩡히 살고 있는 사람에게 〈잘 살지?〉라고 하면, 갑자기 혼이 나가게 된다. 일손을 놓고 멍하게 하늘을 보며 고민에 빠진다. '내가 잘 살고 있는 건가? 못 살고 있는 것인가?' 근면한 사람을 괜스레 혼란하게 한 것이다.

셋째, 〈잘〉은 혹세무민의 죄를 지었다.

들어 보거라. 네놈이 가만히 있지 않고 여기저기 돌아다니면서 〈잘 한다, 잘 한다, 잘 한다〉 떠드니 나라 꼴이 말이 아니지 않느냐? 기껏해야 공부만 잘했던 위인들이 진짜로 잘 하는 줄 알고 세상을 이리도 어지럽히니 이를 어찌하면 좋단 말인가?

넷째, 〈잘〉은 폭력을 조장하였다.

이건 아니라고 항변하는 것이냐? 증좌를 들어서 설명하겠다. 〈잘 해!〉라고 윗것이 명하면 당연히 아랫것은 한다고 한다. 그런데도 윗것은 네놈을 핑곗거리로 들먹이면서 〈이게 잘 한 것이냐?〉며 혼쭐을 내지 않느냐? 네놈 때문에 할 도리를 하는 민초들이 얼마나 고초를 겪고 있는지 아느냐?

"사는 것이 마냥 지옥 같거늘 어찌 잘 살 수 있고, 하는 것 그 자체만으로도 힘에 부치거늘 어찌 잘 할 수 있겠느냐? 단지 살아 있고, 그저 할 수 있는 것만으로도 귀한 것이다. 잘 살라고 해서 잘 살고, 잘 하라고 해서 잘 하면, 못 살고 못 하는 이들이 어찌 있을 수 있겠느냐? 잘 한다, 못 한다는 것은 다 공(空) 한 것임을 반드시 명심하여야 할 것이다. 내 오늘 스스로의 본분을 다하지 못한 〈잘〉을 크게 벌하려고 하였으나, 성은을 베풀어 위리안치하니 금부도사(禁府都事)는 명을 받들라."

"성은이 망극하옵니다."

사는 것이 마냥 지옥 같거늘 어찌 잘 살 수 있고,
하는 것 그 자체만으로도 힘에 부치거늘 어찌 잘 할 수 있겠느냐?
단지 살아 있고, 그저 할 수 있는 것만으로도 귀한 것이다.

고백, 나는 바다를 모르는 배다

내가 큰 바다를 경험한 건 제주도에서 부산, 인천에서 백령도, 강릉에서 울릉도를 갈 때였다. 그중에 백령도 가는 배에서 심한 공포를 느꼈다. 배가 하늘로 솟았다가 아래로 떨어지는데 쫙 하면서 마치 배 밑바닥이 찢어질듯했다. 육지에 내려서도 멀미로 이틀 동안 어지러웠다.

배는 항구에서 안전하다. 파도도 덜하고, 기름이나 식량 보충도 되고, 고장 난 배를 수리도 한다. 항구에 정박한 배를 바라보면 평화롭다. 아무런 긴장도 없는 느슨함이다. 그래도 배는 다시 큰 바다로 간다. 평생을 항구에서만 보내는 배는 없다. 있다 하더라도 그걸 배라고 부를 수는 없겠지.

나는 대기업 한 곳에서만 근무했다. 당연히 정규직이라 계약직이 어떤지도 모른다. 임금체불과 정리해고라는 것도 경험해 본 적이 없다. IMF 위기, 2008년 금융 위기, 코로나 같은 상황에서도 안전했다. 마치 큰 바다에 있는 배들은 고초를 겪어도,

항구에 있는 배는 아무 걱정이 없는 것처럼 말이다. 고백하건대, 나는 항구에서만 평생을 보낸 배다.

바다를 항해한 적이 없다 보니 바다를 모른다. 항구에도 큰 바다처럼은 아니더라도 바람도 불고, 비도 내리고, 배도 흔들린다. 그래서 나는 항구를 바다로 안다. 바다는 말이야, 파도도 치고 배도 흔들리고 이렇고 저렇다고.

나보다 몇 백배 더 힘든 시대를 살아가는, 넓고 격한 진짜 바다를 항해하는 젊은이들을 향해 떠든다. 항구를 떠나 본 적이 없는 내가 대해를 항해하는 이들에게 삶은 이런 것이고, 그래서 이렇게 살아야 한다고. 말이 참 많다.

바다를 항해한 적이 없다 보니 바다를 모른다. 항구에도 큰 바다처럼은 아니더라도 바람도 불고, 비도 내리고, 배도 흔들린다. 그래서 나는 항구를 바다로 안다. 바다는 말이야, 파도도 치고 배도 흔들리고 이렇고 저렇다고.

우격다짐으로 발견하기

길이 황량할 때가 있다. 풍경이라고는 전혀 없는 파장(罷場) 분위기일 때가 있다. 이런 길을 왜, 도대체 뭐 하려고 걷고 있나? 이런 생각이 드는 재미 하나도 없는 그런 길이 있다. 감탄사가 절로 나오는 풍경은 누가 봐도 풍경이다. 그러나 한 쪽 구석에 처박혀 아무도 알아보지 못하는 풍경을 발견하는 것은 나만의 것이다. 그래서 나는 이런 재미없는 길을 걸을 때는 이런 결심을 한다.

나는 오늘 반드시 발견자가 되겠다.

그러면 보인다. 기대가 없어서 일까? 찾으려고 결심을 해서 그럴까? 오히려 화창한 날보다 더 멋진 것을 발견하고는 한다. 이런 경험을 하고 나면 이상한 날씨에 길을 나서는 것을 주저하지 않는다. 사람 가득한 지하철에서 시달리다 겨우 출구로 나오는데 배낭 멘 여행객이 저만치 걸어간다.

이 지루한 나의 일상에서
뭘 발견하려는 걸까?

여행객을 바라보다 문득 스치는 생각이다.

나는 이런 재미없는 길을 걸을 때는 이런 결심을 한다.

나는 오늘 반드시 발견자가 되겠다.

그러면 보인다. 기대가 없어서 일까? 찾으려고 결심을 해서 그럴까?

오히려 화창한 날보다 더 멋진 것을 발견하고는 한다.

단단하게 잠겨있는 마음의 성문(城門)을 열자

한양도성순성길. 조선史에서 도성이 역할을 하기는 했는가?

성(城) 지키기와 빼앗기가 역사다.

인류 역사를 여러 관점에서 바라볼 수 있지만, 성을 지키려는
자와 빼앗으려는 자들이 벌인 한바탕 싸움판으로 축약할 수도

있다. 공성(攻城)과 수성(守城)은 전쟁 이야기에 꼭 있어야 하는 단골 메뉴다. 우리는 산이 많다 보니 주로 산성(山城)이고, 중국이나 유럽은 대체로 넓은 평야에 성을 쌓았다. 유럽인들이 신대륙이나 아시아를 정복할 때 세운 요새(Fortess)도 성이다. 성은 그 형태와 위치는 지리 여건에 따라 모두 다르지만 그 본질은 하나다. 견고하게 지키려는 것이다.

남한산성. 모든 성은 몰락이라는 아픔을 가지고 있다.

모든 성은 결국 무너졌다.

역사에 등장하는 여러 집단들은 성 쌓기에 열심이었다. 성은 방어 대책 중 가장 기본이었으며, 높은 성벽은 적에게는 두려움을 주었고, 자기 편에게는 안심을 주었다. 그러나 항상 망조(亡兆)는 적이 그 성벽을 넘어오는 것으로써 시작되었다. 명(明)을 멸망시킨 청(淸)은 나라를 굳건히 지킬 필요가 있었다. 그때 신하들이 무너진 만리장성을 다시 쌓아야 한다고 건의를 하자, 황제는 "만리장성이 우리를 막지 못했듯이 성벽이 우리를 보호해 주지 않는다."라며 성 쌓기를 금지시켰다고 한다. 무너질 것을 뭣하러 쌓는가!

강화나들길. 무너진 보루에 민들레 홀씨만 무성하다.

현대판 성을 쌓고 살아가는 우리들.

우리 모두는 저마다 마음에 성을 쌓고 살아간다. 어떤 공격에도 흔들리지 않기 위해 무너진 곳을 보수하고 더 단단하게 만든다. 〈학벌〉로 성문을 만들어 걸어 잠그고, 상대 공격을 예상해 각종 〈지위〉로 성벽을 더 높이 올린다. 우리가 사는 곳도 마찬가지다. 아파트는 갈수록 단단해지고 끼리끼리 고립되어 간다. 입주민과 방문자는 드나드는 통로도 다르고, 택배 차량도 함부로 드나들지 못한다. 이미 그 효용이 다한 것을 역사가 증명하고 있음에도 우리는 한물간 퇴물을 닮아가려 지금도 여전히 정신이 없다.

남파랑길 27코스. 둔덕기성에서 바라본 성 밖 모습.

나도 성 쌓느라 평생 바쁘게 보냈다는 사실을 이때 알았다.

성문을 열고 나가야 한다.

아무도 접근하지 못하게 쌓은 성에 사는 것은 진정한 의미에서 삶이 아니다. 〈소통〉이란 꽉 막힌 곳에 바람을 통하게 하는 것이다. 성은 외부와 소통할 수 있을 때, 성 밖 세상이 어찌 돌아가는지 알 수 있을 때, 사람들이 성이 있는 곳을 알고 스스로 찾아올 때 비로소 진정한 역할을 하는 것이다. 성은 최후의 보루가 아니라, 교류하는 거점이 되어야 한다. 단단하게 걸어 잠근 채 지키려만 하지 말고, 동서남북 사방에 있는 문을 열어 모든 것을 흐르게 해야 한다. 성 안에 있으면 비록 화려하고 안전해도 그곳이 전부일뿐이다. 우물 안이 아무리 좋다고 한들 좁은 우물 안일뿐이다. 성문을 열고 밖으로 나가면 넓은 세상이 곧 내 것이다. 쌓지 않으면 무너질 것도 없다. 마음도 삶도 이와 같다.

우물 안이 아무리 좋다고 한들 좁은 우물 안일뿐이다.

성문을 열고 밖으로 나가면 넓은 세상이 곧 내 것이다.

쌓지 않으면 무너질 것도 없다. 마음도 삶도 이와 같다.

아는 것이 힘인가, 모르는 것이 약인가?

봄이면 꽃이 핀다. 종류도 어마어마하다. 그중에 내가 아는 꽃
이라고는 기껏 개나리와 진달래 정도에 불과하다. 그런데 어
떤 이들은 한 발 더 나아가서 개나리와 영춘화를 구별하고, 진
달래와 철쭉 심지어 영산홍까지 구별한다. 이런 사람을 만나
면 위축된다. 개나리나 진달래를 보고도 틀릴까 봐 선뜻 말하
지 못하게 된다. 지천에 널린 꽃 이름을 척척 구별할 수 있지
만 된장찌개에 넣고 끓여 먹을 수도 없는 이 대단한 〈앎〉은 도
대체 무엇인가?

한 분야에 대해 단단한 믿음을 가지고 있는 사람들이 있다. 우
리가 전문가라고 부르는 이들이 예나 지금이나 세상을 통치한
다. 종교인, 법률가, 학자, 의사....... 뭐 이런 부류들인데, 단순
한 기술에 불과한 지식을 오래 연마한 대가로 자리를 유지하
고 있으면서 권력과 존경을 동시에 거머쥐고 있다. 시간이 조
금 지나면 AI로 대체될 직업에 종사하면서 그저 지식을 팔
아 생계를 유지하는 것에 지나지 않는 이 대단한 〈앎〉은 또 무

엇인가?

나는 횟집에 가면 거의 까막눈이다. 광어, 가자미, 돔 이런 걸 구별하지 못한다. 베토벤과 모차르트 음악도 모르고, 자동차 내연기관이 어떤 방식으로 작동하는지도 모른다. 애주가인데도 참이슬과 처음처럼도 구별하지 못한다. 남아프리카공화국 대통령이 누구인지도, 네안데르탈인이 왜 멸종했는지도 모른다. 지식이 없는 사람을 바보라 부르는데, 나의 이 바보 같은 〈무지〉는 또 무엇인가?

앎은 구별이고, 구별은 계급과 계층을 낳는다. 앎이 있는 자들은 저마다 자기 잣대로 세상과 사람들을 판단한다. 그들에게 우리는 단순한 대상이다. 그들을 보라, 그들은 하라는 대로 하지 않으면 병에 걸릴 것이고, 천국에 가지 못할 것이며, 좋은 직장을 구하지 못할 것이며, 이 세상은 무법천지가 될 것이라고 우리를 어르고 협박한다. 아는 것이 힘이라며, 교육만이 살길이라며, 대학은 가야 한다며 외친 우리들이 만든 세상이 지금이다. 아, 어찌 살아야 하나? 지식 넝마주이로 살아야 하나? 차라리 지금처럼 무지렁이뱅이로 살아야 하나?

아는 것이 힘이라며, 교육만이 살길이라며, 대학은 가야 한다며 외친 우리들이 만든 세상이 지금이다. 아, 어찌 살아야 하나? 지식 넝마주이로 살아야 하나? 차라리 지금처럼 무지렁이뱅이로 살아야 하나?

달콤한 몰락, 중독

나는 면(麵)을 참 〈좋아〉했다. 은퇴하고 국숫집을 열 요량으로 수타(手打)를 배우기도 했다. 그런데 밀가루로 만든 것들을 배우면서 건강에 그리 유익하지 않다는 것을 알았고, 지금은 마주쳐도 외면할 정도가 되었다. 나는 면을 좋아했던 것이 아니라 글루텐의 맛에서 헤어 나오지 못하는 탄수화물 중독자였다는 것을 그때 깨달았다.

중독자들은 중독을 절대 인정하지 않는다. 오히려 〈좋아한다〉와 같은 언어로 자기 상태를 은폐한다. 일 중독자는 자신을 〈성실하다〉고 하고, 성공 중독자는 〈꿈이 있다〉고 하며, 종교 중독자는 〈소명〉이라는 단어를 쓴다. 이처럼 모든 중독자들은 교묘한 언어로 만든 갑옷을 입고 있다.

중독은 지독한 편애다. 한 쪽만 무조건 좋아하는 것은 다른 것을 무조건 배척하게 만든다. 차라리 술에 중독되면 치료할 약도 있고 시설도 있다. 그러나 생각에 중독되면 참으로 끔찍하다. 지금 우리가 목도하고 있는 모든 현상들을 보라. 무엇에 심하게 중독된 것 같지 않은가? 그런데도 그들은 정작 그 사실을 모른다. 자기들이 아주 대단한 줄로 안다. 어떤 편협한 생각에 중독되어 있으면서.

중독은 지독한 편애다. 한 쪽만 무조건 좋아하는 것은 다른 것을 무조건 배척하게 만든다. 차라리 술에 중독되면 치료할 약도 있고 시설도 있다. 그러나 생각에 중독되면 참으로 끔찍하다.

멀리건 마구 주는 사회

골프에 멀리건(mulligan)이라는 룰이 있는데, 주로 아마추어들이 경기를 할 때 이미 친 샷이 잘못되면 이를 무효로 하고 새로 치는 것을 말한다. 보통 경기 시작 전에 멀리건을 줄 것인지, 준다면 몇 개를 줄 것인지를 상의해서 정한다. 때로는 경기 중에 어처구니없는 실수를 한 사람에게 다시 잘 해보라는 마음을 담아 즉흥적으로 사전 약속에 없는데도 멀리건을 주기도 한다.

우리는 태어나서 딱 한 번 산다. 모든 게 처음이다. 그러니 참 어설프다. 학업이나 결혼은 두세 번 하는 경우도 있지만, 대부분 처음이자 마지막이며 무를 수도 없다. 자식도 그렇고, 부모도 그렇고, 나이 서른이 되고 쉰이 되는 것도 다 처음이자 마지막이다. 물론 처음인데도 아주 능숙한 사람들도 있다. 아이들을 잘 키워서 좋은 대학에 보내고 뭐 어쩌고 해서 책을 쓴 사람들을 보면 부럽기보다는 이런 합리적 의심이 든다.

'분명히 여러 번 태어났을 거야. 그렇지 않고서야 처음인데 어떻게 저렇게 잘 할 수 있어? 불교에서 태어나고 또 태어나고 하는 걸 윤회라고 하잖아. 저들은 윤회에 해당할 거야. 확실해.'

고등학교 갓 졸업하고서 전화로 고객과 상담을 하는 일을 시작한 누군가에게서 들은 이야기인데, 몇 달에 걸쳐 교육을 받고 실전에 투입되었는데 첫 전화가 너무 어려운 내용이었다고 한다. 제대로 말도 못 하고 시간만 지체하는 와중에 고객이 한 말을 듣고 용기를 얻었고 그 덕에 일을 계속해서 할 수 있었다고 한다.

"처음인가 보네요? 목소리 들으니 나이도 어린 것 같고요. 괜찮아요. 천천히 하세요. 누구나 처음은 있는 거니 두려워하지 말고, 자신 있게 하세요."

이 고객이 건넨 말처럼, 자식 세대들에게 따뜻한 격려가 아주 절실한 세상이다. 아파트값 내려간다고 투덜대는데, 그 아파트를 사야 하는 건 자식 세대다. 월세 받는 건물주를 부러워하는데, 그 월세는 누구한테 받는 것이냐면 다름 아닌 자식 세대다. 정치인들은 머릿수에 민감하다. 그러니 자식 세대가 아닌 숫자 많은 기성세대 눈치를 본다. 결국 기성세대는 다 가지게 되었고, 우리 자식 세대는 빈털터리다. 게다가 그들은 모든 게 처음이지 않은가?

"아이고, 공이 숲속으로 가버렸네. 걱정하지 말고, 한 번 더 쳐. 멀리건이야!"

멀리건이 마구 남발되는 아름다운 세상이 되었으면 좋겠다. 생때같은 자식들에게 월세도 마구 깎아주고, 밤새 술 마시고 휘청휘청 걸려도 쯧쯧 거리지 말고, 젊은이들 아르바이트하는 곳에서 꼬장꼬장하게 굴지 말고, 말 한 마디라도 따뜻하게 하자. 그래야 그들도 우리에게 이렇게 말해주지 않겠는가?

"태어나서 기성세대 처음 하시는 것이니, 멀리건 드릴게요."

에구, 남 말 해서 뭐해. 나나 그러지 말고, 마구마구 멀리건을 줘야겠다.

멀리건이 마구 남발되는 아름다운 세상이 되었으면 좋겠다.
생때같은 자식들에게 월세도 마구 깎아주고, 밤새 술 마시고 휘청휘청
걸려도 픗픗 거리지 말고, 젊은이들 아르바이트하는 곳에서
꼬장꼬장하게 굴지 말고, 말 한 마디라도 따뜻하게 하자.

해피 엔딩은 사기다

뭔 드라마인지 기억도 없다. 왜냐, 술 마시고 집에 와서 꼬불 쳐 논 맥주로 2차를 하면서 본 드라마였다. 나는 마지막이 좋게 끝나는 해피 엔딩 장면을 노려보고 있었다.

"사기네. 어떻게 행복한 끝이 있을 수 있지?"

흥분을 막 시동 걸려고 하는데, 아내가 힐끗 쳐다본다. 그만, 여기서 멈춰. 말은 안 했어도 그런 눈빛이었다. 꼬리를 내리고 자러 들어갔는데, 잠이 안 온다. 잠자리 들기 한두 시간 전에 각성(覺醒)을 하면 안 된다. 뉴스를 본 다거나, 되지도 않는 철학 비스름한 사유를 하면 정신이 에스프레소를 투 샷으로 마신 듯 말똥말똥 해진다. 그냥 엎어져서 가만히 있어야 했는데, '해피 엔딩은 사기'라는 이상한 생각을 해버린 것이다. 어쩌자고.

그리스 비극에 관한 글을 읽은 적이 있다. 나는 '고대 그리스인들은 왜 비극을 즐겼을까? 희극이 얼마나 좋은데.'라는 생각을 했었다. 관객이 비극을 보며 울고 분노하게 만들려면 작가와 배우는 말짱한 이성으로 깨어있어야 가능하다고 한다. 마음에 쌓인 울분과 억울이 풀리는 카타르시스(catharsis)는 비극을 보면서 마음이 정화되는 것을 말한다. 비극의 효과가 카타르시스라는 말이다. 그 글을 읽고 나서는 비극을 달리 보게 되었다.

성군이라 일컫는, 한글을 만든, 광화문 광장 이순신 장군 뒤에 앉아 있는, 만 원권 지폐의 표지 인물인 세종 대왕은 실상 막장 드라마에나 나올 법한 비극의 주인공이다. 세종의 아들 문종은 병약해서 왕에 오른지 얼마 되지 않아 죽고, 다른 아들 수양은 조카이자 세종의 손자인 단종을 죽여버린다. 만약 세종이 이를 지켜봤다면 마음이 어떠했겠는가? 그 후손들은 왕 자리를 놓고 또는 반목으로 죽이고 죽임을 당하다가 나라까지 죽여버렸다. 태조 이성계가 후손들이 빚을 비극을 예상했다면 과연 위화도에서 군을 돌렸겠는가. 조선의 역사는 비극 덩어리다. 고려는 어떻고, 신라와 고구려는. 삶은 비극이고, 그 삶이 응축된 역사도 덩달아 비극일 수밖에 없다.

비극은 일어나서는 안 될 일이 아니다. 엄연한 현실이다. 가을이 오면 한여름에 그리 울어대던 매미는 소멸한다. 나무는 탈모를 시작하고, 곰은 땅속으로 기어들어가 겨울 차가운 긴 잠을 준비한다. 태양도 수명이 절반 밖에 안 남았다. 50억 년 후면 폭발한다. 자연계는 존재 자체가 비극이다. 잔머리 하나로 진화에 성공한 인간은 비극을 부정하는 꾀를 냈다. 아 몰라, 멋진 날이 올 거야. 지금은 잠시 고통의 순간일 뿐이야. 언젠가 밝은 빛이 비칠 거야. 현실을 부정한 땅에서 희망이 자라났다. 그래, 이거야. 우리가 잡고 매달려야 하는 건 바로 희망이야.

과연 희망이라는 것이 있기는 하단 말인가? 희망이라는 단어를 보라. 뭔가 희멀건 모양에 망측스럽게 느껴지지 않는가. 보이스 피싱 냄새도 나고, 도를 아십니까?를 만난 듯하기도 하다. 희망은 아이를 병원에 데려가서 주사를 맞혀야 할 때, 하나도 안 아프다며 사기를 치는 것이나 진배없다. '파이어 족' 운운하는 사람들이 많다. 파이어 족이 되는 건 맨발로 에베레스트 꼭대기에 올라가는 것이다. 삶이 그리 간단하지가 않다. 자칫하다가 궁상떨며 살 수도 있다. 그런 희망 품지 말고 차라리 건강하게 오래 일할 궁리를 해야 한다.

삶이란 먼지가 되는 여정이다. 오늘을 살았다는 건 먼지에 한 발 더 가까워졌다는 말이다. 재수 없게 들리겠지만 사실이지 않은가. 이 얼마나 비극인가 말이다. 행복한 은퇴를 꿈꾸지만 평온한 노년은 없다. 늙는다는 건 자식과 그 자식의 자식 걱정까지도 끌어안고 살아야 한다는 것이다. 엄중한 현실이다. 힘든 일이 일어나면 아무 일도 없었던 때가 정말 그립다. 마찬가지로 비극을 인정해야 그 반대인 행복이 온다. 사라질 운명이니 지금 이 순간을 사랑해야 하지 않을까. 끝이 뻔한 비극이라면 지금 희희낙락하자는 말이다. 아 놔, 술 취해서 괜히 그딴 드라마를 봐서는.

힘든 일이 일어나면 아무 일도 없었던 때가 정말 그립다. 마찬가지로 비극을 인정해야 그 반대인 행복이 온다. 사라질 운명이니 지금 이 순간을 사랑해야 하지 않을까.

인공지능과 한글의 한판 승부

시대는 바야흐로 대전환의 국면에 있다. 모든 것이 바뀔 것이다. 혁신은 복리와 같다. 돈을 복리로 굴리면 아주 서서히 불어나다가 어느 시점이 지나면 갑자기 치솟는다. 혁신도 이와 같다는 말이다. 딱 삼십 년 만 되돌아가 보자. 핸드폰도 삐삐도 없었다. 연세대학 앞 신촌에 만남의 장소로 유명했던 〈독수리 다방〉이 있었다. 친구가 약속 시간에 늦으면 다방 앞 게시판에 쪽지를 남겼다.

"야, 홍길동. 기다리다 먼저 간다. 레벤 브로이로 와라."

이런 식으로. 그 이후에 삐삐가 나왔고, 벽돌 핸드폰이 나왔다. 아, 시티폰도 있었다. 그러다가 갑자기 혁신이 속도를 내더니 지금에 이른 것이다.

대전환의 중심에는 인공지능(AI, Artificial Intelligence)이 있다. 자율주행이든지 로봇이든지 인공지능이 있어야 하는데, 인공지능의 핵심은 사람의 말을 알아듣는 것이다. 여기서 문제가 발생한다. 한글은 참으로 창의적인 언어다. 이 세상 모든 문자는 '살다 보니' 생겨난 것인데, 한글은 레고 조립하는 것처럼 뚝딱뚝딱 '만든' 언어라 독창성이 뛰어나도 심하게 뛰어나서 인공지능이 알아듣기에는 거북한 언어다.

영어나 다른 언어는 패턴이 있다. 앞말을 들으면 대충 뒷말이 연상된다. 정해진 문장 구조를 웬만해서는 벗어나지 않는데, 한글은 이런 패턴 따위는 개나 물어가라는 듯 신경을 쓰지 않는다. 우리말은 무조건 끝까지 들어야 무슨 뜻인지 안다. 주어, 동사, 목적어와 같은 글의 법인 문법은 시험 볼 때나 쓰지 현실 세계에서는 취급하지 않는다. 왜, 창의성에 방해가 되니 까. 예를 들어,

"애들은?"

이 문장을 인공지능은 어찌 해석해야 하는가? 잔다. 아직 안 왔다. 이미 먹었다. 경우의 수가 참 많다. 그렇다고 인공지능 잘 알아들으라고 천천히 길게 말할 수는 없다. 그건 언어의 본 질에 위배되거니와 그러기에는 우리 성격이 너무 급하다. 과 장 때였다. 비 오는 날 먼지 나게 혼이 났다. 큰 잘못을 해서라 기보다는 원래 흥분 잘 하는 그런 상사였다. 오전에 실컷 혼나 고 허한 마음을 달래려고 맛있는 점심 먹고 오다가 그 인간과 맞닥뜨렸다. 그 인간 왈,

"밥 먹고 오나 보네. 밥이 잘 넘어갔어?"

만약 인공지능이 이 문장을 들었다면 분명 이렇게 대답했을 것 이다.

"네. 밥 먹고 오는 중이에요. 그럼요. 밥이 잘 넘어갔지요. 저의 목은 아무 이상이 없거든요."

우리말을 우랄 알타이어족으로 분류하는데, 실제로는 분류 체계 어디에 넣을지 애매하다고 한다. 세상에 존재하는 언어 중에 배우기 어려운 몇 안 되는 언어다. 그러니 어려운 외국어 공부한다고 죽는소리 너무 하지 마시라. 한국인으로 태어난 것이 이미 축복이고, 우리말 배우는 외국인들한테 살갑게 대해야 한다. 우리말은 말의 길이에 따라 뜻이 뒤바뀌는 신기한 언어다.

"잘 했다."
"자아알 했따아아."

이 두 문장의 의미를 헷갈린다면 유전자 검사가 필요하겠다. 문장 자체로는 좋은 의미로 보이지만, 실제 뜻은 그렇지 않은 경우도 많다.

"잘 났다."

이 말에 인공지능은 이렇게 대답해야만 한다.

"죽을래? 싸우자는 겨!"

'얼죽아'가 무슨 뜻인지는 다 알 것이라 믿고 설명은 생략한다.

그러면 '쩌죽뜨샤'는 뭔 말인지 아시는가? '쩌 죽을 듯한 더위에도 뜨거운 물 샤워'라는 말이다. '라떼는 말이야'는 이미 국민이 다 아는 식상한 말이 되었다. 소소하지만 확실한 횡령 '소확횡', 법 때문에 참는다는 '법블레스유(법 bless you), 메신저 아이디를 지칭하는 '톡디' 같은 신조어가 여름 장마철에 풀 자라듯 생기는데, 인공지능은 이를 어찌 다 소화해 낼 것인가.

대한민국 사람들이 받는 스트레스 중에 제일은 서로 말이 안 통한다는 것이다. '쇠귀에 경 읽기', '귓구멍이 막혔나', '말해 봐야 입만 아프다', '말귀를 어째 저래 못 알아먹을까', '대화가 안 된다'라는 표현을 보라. 우리끼리 하는 대화도 이리 벅찬데, 인공지능이 과연 우리말을 얼마나 알아들을지는 미지수다. 모든 경기는 끝나면 결과를 알 수 있는 것처럼 인공지능과 한글의 한판 승부도 시간이 지나면 알 수 있으려나. 궁금하기는 하다. 택시 기사가 핸드폰에 대고 목적지를 몇 번이나 말하는 모습을 보다가 한글이 어렵구나 생각을 했는데, 그 생각이 꼬리에 꼬리를 물더니 인공지능까지 물었다. 그냥 그렇다는 말이다.

우리끼리 하는 대화도 이리 벅찬데, 인공지능이 과연 우리말을 얼마나 알아들을지는 미지수다. 모든 경기는 끝나면 결과를 알 수 있는 것처럼 인공지능과 한글의 한판 승부도 시간이 지나면 알 수 있으려나. 궁금하기는 하다.

정석에 대해, 배우 조정석 말고

요즘도 학생들이 홍성대 선생이 쓴 〈수학의 정석〉으로 공부를 하는지 모르겠다. 내가 학교 다닐 때는 그야말로 바이블이었다. 공부를 잘하든지 못하든지 간에, 설령 잠잘 때 베개로 쓰더라도 일단은 가지고 있어야 했다. 왜냐, 책 제목을 보라. 얼마나 확신에 차 있는가. 수학의 정석이라는 데 누가 감히 이 책을 안 살 수 있단 말인가. 수학의 정석은 1966년에 출간된 이래 4천만 권 이상 팔렸다고 한다. 수학 책이니 계산을 한번 해보자. 한 권에 만 원이라고 하면, 와우, 홍성대 선생이 책 팔아 번 돈이 4천억 원이다. 내 돈도 포함해서.

정석하면 바둑이다. 나는 아주 오래전에 인터넷으로 바둑을 두다가 내 집이 완전히 거덜이 난 후로 더 이상 바둑을 두지 않는다. 다만 관전만 할 뿐인데, 바둑 보는 재미가 참으로 쏠쏠하다. 바둑 프로를 보다 보면 해설자가 이런 말을 한다.

"아, 이 상황에서는 날일 자로 두는 게 정석인데요. 실수를 한 것 같습니다."

정석을 중시하던 바둑판에 이변이 생겼다. 구글 딥 마인드에서 개발한 바둑 인공지능 프로그램인 알파고 9단(2016년 3월 15일, 한국기원에서 명예 프로 九 단 단증을 수여했음)이 등장하면서 바둑의 정석은 사라졌다. 요즘 바둑 해설자는 이런 말을 자주 한다.

"아니, 저 자리에 둔다고요? 예전 같으면 상상도 못할 자린데. 아, 인공지능도 같은 자리에 두라고 하네요. 대단합니다."

왼쪽 사진은 대국 장면이고, 오른쪽에 보이는 것이 알파고 九 단의 실물이다.

남는 방을 빌려주는 에어비앤비, 며칠 전에 사고를 친 카카오, 현금 들고 다닐 필요 없는 핸드폰 결제 시스템, 중고 물품을 사고파는 당근 등등을 떠올려 보라. 우리는 사실 새로운 정석이 만들어가는 세상에서 살고 있는데, 알면서도 모른 척할 뿐이다. 옛것은 옛 자리에 두고, 지금은 지금 것으로 살자. 옛것 좋아하는 일본은 선거할 때 자기가 찍은 후보자 이름을 연필로 쓴다. 선거가 다가오면 일본 공무원들은 유권자 수만큼 연필을 깎아 대느라 밤새운다고 한다. 옛 정석 너무 좋아하지 마시라.

올 추석에 이름도 어려운 〈성균관 의례 정립 위원회〉라는 곳에서 차례 간소화 기자회견을 했다. 차례에 전(부침개)을 안 올려도 되고, 홍동백서(紅東白西)니 조율이시(棗栗梨枾)니 하는 말은 근거 없는 말이다. 뭐 이런 내용인데, 그럼 지금까지 전 부치느라 한 고생은 어디 가서 보상을 받아야 하는가. 이런 기자회견을 보면 웃어야 할지 울어야 할지 모를 일이지만, 정석 따지지 말고 식구들 힘들면 안 하면 될 일 아닌가. 그게 뭣이 어려운 일이라고. 정석은 바른 방식이라고 쓰고, 강요라고 읽는다. 사람에게 강요할 수 있는 건 없다. 만약에 정석이 필요하다면 그것이 무엇이건 몰랑몰랑해야 한다. 그래야 사람이 산다. 이 세상 모든 것은 변한다. 사랑은 빼고.

정석은 바른 방식이라고 쓰고, 강요라고 읽는다. 사람에게 강요할 수 있는 건 없다. 만약에 정석이 필요하다면 그것이 무엇이건 몰랑몰랑해야 한다. 그래야 사람이 산다. 이 세상 모든 것은 변한다. 사랑은 빼고.

내가 먹은 밥그릇 수가 얼만데

내가 지금까지 먹은 밥그릇 수를 계산해 볼까나. 하루 세 끼 먹은 날보다 네 끼 먹은 날도 있으니 매일 3.5끼를 먹었다고 치면 짜잔 6만 9천 끼를 먹었다. 참 엄청나게도 먹었구나. 이만하면 가히 〈밥 전문가〉라고 해도 되겠다. 그렇다면 여기서 질문 하나 투척해 보자.

"나는 〈밥 전문가〉이니 식당을 열어도 될까?"

글쎄, 식당을 하려면 음식을 만드는 것에 소질이 있어야 하는 것은 기본이고, 고객 접객과 매장 관리 능력도 갖추고 있어야 한다. 그리고 밥을 그저 생존을 위해서 먹은 것과 즐기며 찾아서 먹은 것과도 아주 큰 차이가 있다. 그래서 밥을 많이 먹은 것과 식당을 개업하는 건 아무 관련이 없다. 이 둘은 완전히 다른 영역이라는 말이다.

그럼에도 불구하고 밥 많이 먹었다고 식당 차리는 것과 같은 일들이 실제로 빈번하게 일어난다. 성공한 CEO가 있다고 한다면 그가 정치도 잘 할 수 있을까? 그 CEO가 기업에서 성공했다는 것은 단지 밥을 많이 먹었을 뿐이고, 그가 정치를 하는 건 식당을 여는 것처럼 완전히 다른 영역인데도 우리는 이 둘을 구분하지 못한다. 아니 오히려 손뼉을 치며 환호한다. 그래서 교수나 운동선수 또는 예술가가 그 분야 장관이 되는 것은 잘 따져야 하는 일이다. 이런 사례는 기업에서도 아주 흔한 일이다. 그룹 일을 했다고 계열사 사장을 하고, 모회사 임원이었다고 자회사 대표를 하는 것은 이상한 것이 아니라 당연한 수순이다.

먹은 밥그릇 수가 많다고 다른 분야에 아무렇게나 무임승차를 하게 해서는 안 된다. 자기가 밥 많이 먹었다고 식당 차리는 거야 그 한 사람의 문제로 끝나겠지만, 회사나 국가처럼 덩치가 커서 고도의 운영 능력이 필요한 곳에서는 실력을 꼭 검증해야 한다. 우리는 뭐 하나 잘하면 그게 만능열쇠가 되어 이 문 저 문 다 열어서 오만 군데를 다 돌아다닐 수 있다. 잘난 사람에 대해서 참으로 관대하다는 것이다. 그럴 거면 오토바이 면허 있으면 승용차도 몰고, 버스도 몰고, 트럭도 몰게 하자. 관대한 김에 차라리 통 크게 하면 될 것 아닌가?

우리는 뭐 하나 잘하면 그게 만능열쇠가 되어 이 문 저 문 다 열어서
오만 군데를 다 돌아다닐 수 있다. 잘난 사람에 대해서 참으로
관대하다는 것이다. 그럴 거면 오토바이 면허 있으면 승용차도
몰고, 버스도 몰고, 트럭도 몰게 하자.
관대한 김에 차라리 통 크게 하면 될 것 아닌가?

사표를 날렸다. 글을 적는다.

이 빠진 그릇

중국에 살 때 겪은 일이다. 몇 대째 내려온 오래된 노포(老鋪)들에는 특징이 하나 있는데, 식당에서 사용하는 그릇이 조금씩 깨져 있다는 것이다. 흔히들 말하는 〈이 빠진 그릇〉이다. 오랜 시간을 견뎌낸 그릇이니 당연한 것이겠지. 주인은 구태여 그런 흠 있는 그릇을 유행하는 신상으로 바꿀 생각을 안 하거니와 혹여 새것을 사더라도 일부러 흠집을 낸다고 한다. 그래야 오래된 식당에 어울리는 그릇으로 보이기 때문이란다. 깨진 그릇이 오래된 식당에서는 오히려 완벽한 존재로 대우받는 것이다.

깨진 그릇이 완벽한 존재가 되는 기이한 현상은 우리 사회 어느 곳에나 있다. 회사를 한 번 보자. 얼핏 생각하면 온전한 사람이 승진을 잘할 것 같지만, 그렇지만은 않다. 특히 조직을 관리해 실적을 만들어내야 하는 자리에서는 이런 현상이 두드러진다. 두각을 나타내는 사람들을 보면 지독한 일벌레이거나, 안하무인이거나, 직원을 목표를 달성하는 수단으로 여기거나,

말투가 사람을 굉장히 아프게 하거나 한다. 회사는 창의적이고 진취적인 인재를 찾는다고 광고를 하지만 실제로는 결함을 가진 사람들, 온전한 성격에서 인정(人情) 같은 게 빠진 사람들이 리더가 되는 경우가 더 많다. 정치인 중에서도 솔직한 사람 찾기가 한강에서 바늘 찾기 정도라는 것은 우리가 다 아는 사실이다. 뻔한 일에 발뺌을 하기 일쑤다. 이것도 능력이라면 엄지 척해 주겠지만 이건 능력이 아니라 하자다. 사람들이 다 가지고 있는 정직(honest)이라는 덕목이 이들에게는 없다. 정작 이들은 하자나 결함을 자신만의 독특한 장점으로 착각한다.

사실 그릇이야 좀 깨져도 크게 문제가 안 된다. 식당 주인이 설마 줄줄 새는 그릇에 음식을 낼 리는 없지 않은가? 노포에 있는 이 빠진 그릇은 그냥 웃어넘기면 된다. 문제는 〈이 빠진 그릇 같은 사람들〉이 리더가 되어 추앙받으며 사회를 이끌어 간다는 것이다. 세상은 여러 사람들이 모여 사는 곳이라 복잡하기가 이루 말할 수도 없거니와 사람이란 것이 본시 이유 불문하고 한 명 한 명이 다 존중받아야 하는 존재인데, 이 빠진 그릇 같은 사람들은 존중하고 배려하는 성품에 하자가 있는 거라서 걱정을 안 하려야 안 할 수 없다. 나는 잘 모르겠다. 수고하는 사람 격려하고, 슬픈 사람 위로하고, 실수했으면 사과하고, 모르면 모른다고 말하는 것이 무에 어려운 일인지. 잘나고 특별하고 똑똑한 사람 말고, 그냥 평범한 사람 같은 리더들이 많아졌으면 하는 바람이다.

세상은 여러 사람들이 모여 사는 곳이라 복잡하기가 이루 말할 수도 없거니와 사람이란 것이 본시 이유 불문하고 한 명 한 명이 다 존중받아야 하는 존재인데, 이 빠진 그릇 같은 사람들은 존중하고 배려하는 성품에 하자가 있는 거라서 걱정을 안 하려야 안 할 수 없다.

겁 잔뜩 먹고삽시다

나는 겁이 순우리말인 줄 알았다. 알고 보니 한자네. 겁 怯, 이 렇게 쓰는구나. 마음 심에 갈 거, 마음이 가버린 것, 겁을 제대 로 표현했네. 한자는 이런 재미가 있다. 식겁(食怯)은 겁을 먹 은 것이고, 기겁(氣怯)은 기가 빠질 정도로 겁을 내는 것이다. 현대는 겁이 충만한 사회다. 그때 살아보지 못해 정확하게는 모르겠으나, 원시 시대보다 지금이 겁이 더 많은 것 같다. 과학 과 기술은 발전했는데, 왜 우리 현대 인간은 동굴 속 호모사피 엔스보다 더 불안에 떠는가.

TV를 틀면 전문가들이 우르르 쏟아져 나온다. 양(洋) 의사는 혈압에 당뇨에 어쩌고 하고, 한(韓) 의사는 어혈에 혈관에 저쩌 고 한다. 변호사는 이혼이 어떻고 하고, 경제학 교수는 불황에 경기 침체를 떠든다. 심리학자는 부부 관계를 탈탈 털어낸다. 건강검진을 한다며 온몸을 스캔하고는 숫자 몇 개를 보여주고 알아서 조심하란다. 우리는 양산되는 불안을 스펀지처럼 그대 로 흡수하며 살아간다.

전문가들이 마케팅과 손을 잡고 우리를 겁주고 있는 사회다. 전문가와 기업이 한 팀이 되었다. 드림팀이다. 우리는 속수무책으로 당할 수밖에 없다. 오들오들 떨며, 어쩔 수 없이 이것도 사고 저것도 산다. 나중에 다른 전문가가 그런 거 뭐 하러 샀냐고 타박한다. 부동산은 불패이고, 똘똘한 한 채는 있어야 한다더니 이제는 상투 잡았다고 쯧쯧 거린다. A 병원에서 시술했더니 B 병원에서는 그딴 거 왜 했냐며 다시 하잔다. 공포를 팔아 돈벌이 하는 전문가라고 불리는 이들이 많아도 참으로 많다. 우리는 덩달아 길을 잃었다.

치사하기가 뺸스 같다. 생색쟁이 전문가들은 겉으로는 뭐 대단한 거 하는 것 같은데 결국은 돈벌이다. 호구지책으로 하면서 우아한 척하기는. 돈 없는 환자도 치료해 주고, 약도 막 주고, 방송에 출연해도 출연료도 받지 말아라. 그러면 그대들 지식을, 떠듦을, 내 기꺼이 인정하겠다. 차라리 밥 집이 낫겠다. 최소한 배는 부르게 해 주니까. 아프고 나약하고 무너진 사람에게 번 돈으로 부자가 되니 그리 좋으냐? 좀 심했나, 불안 공장 공장장들을 너무 몰아붙였나.

인간은 본디 두려워하는 존재다. 삶 자체가 두려움의 연속 아닌가. 겁 없는 삶, 그런 건 있을 수 없다. 삶에서 생기는 문제와 고통을 없애준다는 말은 그러니 완전한 거짓부렁이다. 음식으로, 영양제로, 금주로, 금연으로, 심신 안정으로, 기도로, 부적으로, 뭐 하나 해결되는 건 없다. 그러면 이 세상에 왔다가 덧없이 떠난 사람들은 다 그들의 잘못이라는 말인가. 책임을 인간에게 떠넘기는 것은 교묘한 마케팅이다. 심지어 그것이 종교라 할지라도. 그냥 무서움에 떨며 살자. 진짜로 무섭지 않은가. 노쇠와 질병과 사고가 말이다. 두려움도 온전히 내 몫이다. 단, 두려움을 없애준다는 이들에게 사기는 당하지 말고 살자.

인간은 본디 두려워하는 존재다. 삶 자체가 두려움의 연속 아닌가.
겁 없는 삶, 그런 건 있을 수 없다. 삶에서 생기는 문제와 고통을 없애
준다는 말은 그러니 완전한 거짓부렁이다.

집 나간 행복을 찾습니까?

국어사전에서 행복을 찾으면 다음과 같이 나온다.

1. 명사, 복된 좋은 운수
2. 명사, 생활에서 충분한 만족과 기쁨을 느끼어 흐뭇함. 또는 그러한 상태.

얼핏 보면 행복이 무엇인지 척 알 수 있을 것 같다. 어려운 단어 하나도 없다. 그런데도 우리는 무에 어렵다고 눈 맞은 킬리만자로의 표범처럼 행복을 찾아 평생 동안 이리저리 헤매고 있다는 말인가?

국어사전에서 정의한 것을 다시 한번 살펴보자. 먼저 〈복된 좋은 운수〉에서 〈복되다〉는 무슨 뜻일까? 복스럽다, 박복하다에서 쓰이는 복인데 그 의미가 정확하게 와닿지 않는다. 그리고 〈생활에서 충분한 만족과 기쁨을 느끼어 흐뭇함. 또는 그러한 상태〉에서는 〈만족, 기쁨, 흐뭇〉과 같은 단어는 추상적이고 개

별적이어서 딱히 어느 정도라고 하는 기준이 없어 애매하다. 어떤 상태가 만족이고, 기쁨이며, 흐뭇인지 쉽게 정의할 수 없다는 말이다. 명쾌하게 딱 떨어지지 않는다. 대충 뜬구름 잡는 식이다. 그래서 행복이 잡히지 않는 것일 수도 있다.

그럼, 국어사전을 대신해서 참 많이 부족하지만 나름대로 행복을 정의해 보겠다.

〈행 幸〉은 아이러니하게도 죽음과 관련이 있다. 어떤 사람들은 자기를 위협하는 자들을 죽여서 걱정을 없애고, 또 어떤 사람들은 오래 살아남아 죽음에 대한 걱정을 없앤다. 우리 인간의 가장 큰 걱정거리인 죽음을 통해 평안을 찾으려는 마음이 바로 행(幸) 자(字)에 담겨있는 것이다.

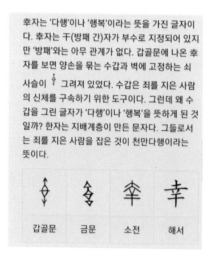

幸자는 '다행'이나 '행복'이라는 뜻을 가진 글자이다. 幸자는 干(방패 간)자가 부수로 지정되어 있지만 '방패'와는 아무 관계가 없다. 갑골문에 나온 幸자를 보면 양손을 묶는 수갑과 벽에 고정하는 쇠사슬이 그려져 있었다. 수갑은 죄를 지은 사람의 신체를 구속하기 위한 도구이다. 그런데 왜 수갑을 그린 글자가 '다행'이나 '행복'을 뜻하게 된 것일까? 한자는 지배계층이 만든 문자다. 그들로서는 죄를 지은 사람을 잡은 것이 천만다행이라는 뜻이다.

갑골문	금문	소전	해서

〈복 福〉은 간절하게 갈구하는 것과 관련이 있다. 이 글자는 굉장히 직관적인데, 제단에 음식과 술을 차려 놓고 제사를 지내는 모습을 나타낸다.

福자는 '복'이나 '행복'이라는 뜻을 가진 글자이다. 福자는 示(보일 시)자와 畐(가득할 복)자가 결합한 모습이다. 畐자는 술이 가득 담긴 항아리를 그린 것으로 '가득하다'라는 뜻을 갖고 있다. 福자의 갑골문을 보면 제단 쪽으로 무언가가 쏟아지는 듯한 모습이 〔그림〕 그려져 있었다. 이것은 제단에 있는 술잔에 술을 따르고 있는 모습이다. 신에게 정성을 다해 제사를 지내는 것은 복을 기원하기 위함일 것이다. 福자는 그런 의미에서 '복'이나 '행복'이라는 뜻을 갖게 되었다.

갑골문	금문	소전	해서

출처 : [한자로드(路)] 신동윤 | (삽화) 변아롱.박혜원

이렇게 행복이라는 글자가 처음 만들어졌을 때로 한참을 거슬러 올라가서 그 의미를 찾는다면 다음과 같이 정의할 수 있겠다.

1. 명사, 원수를 죽이기를 간절히 갈구함. 단, 현대에는 거의 쓰이지 않음.
2. 명사, 요절(젊은 나이에 죽는 것) 하지 않기를 간절히 갈구함.

어렵고 복잡한 것은 진리가 아닐 확률이 높다. 모든 진리는 단순하다. 행복도 그렇다. 가방끈이 길지도 않고, 아무런 명성도 가지고 있지 않지만 그래도 이 연사 목놓아 소리 높여 외쳐 봅니다.

"지금 살아 있습니까? 그럼 이미 행복한 겁니다."

어렵고 복잡한 것은 진리가 아닐 확률이 높다.

모든 진리는 단순하다. 행복도 그렇다.

"지금 살아 있습니까? 그럼 이미 행복한 겁니다."

사표를 날렸다. 글을 적는다.

김치와 잉글리시 게임

남산 밑에 살다 보니 남산을 자주 갈 수밖에 없다. 어느 날 남산둘레길을 걷다가 꽁치 김치찌개가 먹고 싶어 식당으로 들어 갔는데, 남산돈까스였다. 밥을 먹는데 사장님이 여기가 원조가 맞다고 하셨다. 묻지도 않았고, 궁금하지도 않았는데. 밥을 먹고 나와서 검색을 해 봤더니, 두 집이 남산돈까스 상호를 두고 참으로 지루한 분쟁을 이어가고 있었다. 그게 그럴 일인지는 모르겠지만, 당사자들은 명운을 건 듯 보였다.

나라 사이에도 이런 일이 벌어진다. 종주국(宗主國) 논란이 그것이다. 이 논란은 황사와 마찬가지로 주로 중국에서 시작한다. 중국 검색 포털 바이두에 축구 역사를 검색하면 아래와 같은 내용이 나온다.

现代足球的前身起源于中国古代山东淄州（今淄博市）的球类游戏"蹴鞠"，后经阿拉伯人由中国传至欧洲，逐渐演变发展为现代足球。

무슨 말인고 하면, 현대 축구는 고대 중국 산동에서 蹴鞠(축국, cùjú)라는 놀이에서 유래해서 아랍인들에 의해 유럽으로 건너가 현대 축구로 발전했단다. 그렇다면 그런 것이겠지만, 이렇게라도 우격다짐을 해야 가슴이 시원해진다면 그리하던가.

넷플릭스 영화 〈잉글리시 게임〉은 진지한 사람들에 관한 영화다. 영국에서 축구는 지식인들이 하는 사교 놀이였다. 이것이 점차 확산되어 노동자들도 즐기기 시작하는데, 이들 사이에 갈등이 생겨난다. 축구에 목숨까지도 거는 사람들이 규정을 만들면서 모든 사람들이 즐길 수 있는 스포츠로 발전을 시킨다. 월드컵을 국가 대항전으로 알고 있지만, 사실은 축구 협회 대항전이다. 우연히 한 나라에 축구 협회가 하나이다 보니 국가 대항전처럼 보이겠지만, 영국은 잉글랜드, 스코틀랜드, 웨일스, 북아일랜드 이렇게 4개 팀이 나온다. 축구 협회가 4개라는 말이다. 어떤가 축구 종주국 다운 면모가 아닌가. 궁금하다면 토드넘 구장을 가 보시라. 깜짝 놀랄 것이다. 그 뜨거운 열정을 보면.

김치를 두고 일본과 중국에서 가끔 시비를 건다. 일본은 기므치(キムチ이), 중국은 파오차이(泡菜)라고 한다. 중국에 있을

때 중국 지식인과 대화를 나누다가 원조 논쟁이 붙었다. 나는 가마니처럼 가만히 있었다. 그가 한자, 화약, 종이, 두부, 나침반 이런 거 자기들이 발명했다고 했다. 나는 안다고 했다. 그러면서 속으로 '그리 훌륭한데 왜 아편전쟁에도 마구 지고 그랬는데'라고 생각했다. 명나라 때 정화가 한 항해를 막 자랑하더니 아메리카도 자기들이 먼저 발견했다고 했다. 뻥이 점점 심해졌다. 이래서 균형 잡힌 교육이 중요한 건데. 그러더니 김치를 건드렸다. 그것도 지들꺼란다. 참나.

겨울 어느 날, 김장을 했다. 우리 최고 존엄님은 이런 것에 정말 진심이시다. 중국에 살면서 김장한 집은 우리 밖에 없다에 1000원 건다. 시장에 가서 배추며, 고추며, 무며, 어마 무시하게 주문을 했다. 채소 가게 라오빤(사장)은 우리가 식당 하는 줄 알았단다. 김장을 거의 마칠 무렵, 수육에 고량주 한잔하자고 초대한 그 중국 지식인이 집에 왔다. 김장을 마무리하는 거실을 본 그는 놀란 토끼 눈을 하고는 물었다.

"이게 다 뭐냐? 도대체 뭘 하는 거냐?"
"김치 만든다."
"이 많은 걸 다 어디에 보관하느냐?"
"저기 있는 김치냉장고에 넣는다."
"김치냉장고? 저건 어디서 났느냐?"

"한국에서 지고 왔다!"

"한국 사람들 저 냉장고 다 가지고 있는가?"

"그렇다. 가가호호 하나씩. 부자는 두 개도."

"김치 이렇게 많이 만들어 다 어떻게 먹나?"

"김치찌개, 김칫국, 김치전, 김치찜, 김치볶음밥, 김치말이국수, 더 들을 겨?"

그 지식인은 조용해졌다. 보았느냐? 김치 종주국의 이 아우라를. 거실 바닥을 저리 붉게 물들인 장엄한 현장을. 김치가 너희들 것이라고 하든 말든 맘대로 해라. 그러든가 말든가 우리는 우리 길을 가면 된다. 진심으로 행하는 자가 갑이다. 남들이 뭐라 하든 그거이 뭔 상관할 일인가. 삶은 입으로 설명하는 것이 아니라 사는 모습을 보면 아는 것이다.

그러든가 말든가 우리는 우리 길을 가면 된다. 진심으로 행하는 자가 갑이다. 남들이 뭐라 하든 그거이 뭔 상관할 일인가. 삶은 입으로 설명하는 것이 아니라 사는 모습을 보면 아는 것이다.

뜬금없이 웬 주관식 문제

많을 다(多)로 알고 있는 '다' 자(字)는 '낫다, 더 좋다'라는 뜻도 있다. 이 뜻으로 쓰인 단어가 사지선다(四枝選多)이다. 네 개 가운데 가장 나은 것을 고르는 방식을 말한다. 우리 교육 과정을 한마디로 요약하자면 사지선다형 배움이다. 사지선다형 교육은 찍기 기술을 창조하기도 했는데, 몰아 찍느냐 아니면 분산해서 찍느냐에 따라 희비가 엇갈리기도 한다. 신기한 건 어차피 모르는 문제인데, 찍기 여하에 따라 점수는 빵점을 면할수 있다. 재수가 좋으면 고득점도 기능하다. 로또 당첨 수준이기는 해도 불가능은 아니다.

시지선다형 교육은 우리가 삶을 사는 데 있어 어떤 확고한 믿음을 갖게 만들었다. 네 개 중에 반드시 정답이 있다는 믿음 말이다. 전교 1등을 하는 친구가 있었다. 내가 궁금해서 물어봤다. 어찌 그리 딱 보고 답을 맞힐 수 있느냐고. 그랬더니 친구왈, 일단 완전한 오답을 제치란다. 그러면 두 개 정도가 남는데, 그 두 개를 염두에 두고 문제를 풀어나가면 다 안 풀어도 답을 안다고 했다. 신기술을 접하는 듯했다. 시험에서 몇 번 그 기술을 써 봤는데, 난 아니었다. 시간만 더 걸렸다. 내 눈에는 완전한 오답이 안 보이더라. 그 친구는 관악산 언저리에 있는 대학에 갔다. 지금 대치동에서 학원 한다는데, 그 기술을 전파하고 있으려나.

한때 몸짱을 꿈꾼 적이 있었다. 코로나 바이러스만 출몰하지 않았다면 아마도 짧은 팬티 입고 울퉁불퉁한 근육을 자랑하는 대회에 나갔을 것이다. 머리 빡빡 깎고서. 그때 근 손실에 한창 예민했다. 며칠만 운동을 게을리하면 근육이 빠져나가는 소리가 들릴 정도였다. 주입식 교육은 참으로 그 폐해가 크다. 생각하는 근육을 아예 못 쓰게 만들어 버린다. 근 손실 정도가 아니라 근육을 찢어 생각하지 못하게 만든다. 반대로 찍어서 대충 맞추는 근육은 비대하게 성장시킨다. 그런 교육을 무려 12년을 받았으니 생각 근육 상태가 오죽하겠는가. 굳이 봐야 하나 안 봐도 비디오다.

그나마 다행인 건 우리 사회는 고민 안 해도 되는 시스템으로 돌아간다. 사지선다형 교육으로 공부해서 고등학교 졸업하고, 전공 불문하고 대학 가고, 적성 불문하고 취업하고, 나이 되면 결혼하고, 그야말로 착착 진행되는 사회다. 뭐 고민할 것이 있을 것인가. 빠르고 늦는 속도 경쟁만 있을 뿐이고, 길은 어차피 정해져 있는데. 삶에서 노력이란 그저 자기 트랙을 벗어나지 않고 빨리 달리려고 애쓰는 것뿐이다. 머리를 쥐어뜯으며 고민을 거듭해도 어차피 보기로 주어진 네 개를 벗어나지 않는다. 사지선다형 인간으로 살았으니까.

기를 쓰고 굴을 파서 탈옥을 했더니 더 큰 감옥의 앞마당이고, 쓰레기 차 피했더니 똥 차 만난다고, 열심히 자기 트랙을 달렸더니 눈앞에 펼쳐진 것이, 아 글쎄 주관식 문제다. 있어야 할 보기 네 개가 없네. 이러면 평생을 갈고닦은 찍기 신공도 쓸모없어지는데. 인생이 그렇다는 말이다. 내가 지금 그렇다는 이야기이고. 문제는 그리 어렵지 않다. 다만 이런 문제를 만난 적이 없을 뿐이다. 아 뇨, 보기가 있어야 그 가운데 뭐 하나라도 고르지. 이게 뭐람. 하얀 백지에 쓰인, 사지선다형이 아닌 주관식 문제는 이러했다.

"당신 삶이니 알아서 살으시오."

우리는 여러 갈래로 나뉜 기로(岐路)에 언젠가는 홀로 서야 한다. 그것이 삶이다.

"당신 삶이니 알아서 살으시오."

우리는 여러 갈래로 나뉜 기로(岐路)에 언젠가는 홀로 서야 한다.

그것이 삶이다.

천고마비 계절에 문득 말(馬)이 생각나서

인류가 걸어온 과정을 한 단어로 요약하면 '길들임'이다. 인류는 사냥하고 채집하는 떠돌이 생활을 청산하고 한 지역에 정착했다. 만약 식물과 동물을 길들인 농업과 가축이 없었다면 정착이 가능했겠는가. 인류는 말(馬)도 길들였는데, 말을 길들인 이유가 참으로 특이했다. 천생 먹보였던 인류는 먹기 위해 가능한 모든 것을 길들였다. 하지만 말은 예외였다. 엉뚱하게도 탈 요량이었다. 인류가 달리는 말에 올라타지 않았다면, 속도라는 개념은 발견되지 않은 채 아직도 지구 어느 구석에 방치되어 있을 것이다.

말은 하루에 50km를 이동할 수 있고, 훈련된 군마는 100km도 거뜬하다. 최대 속도는 시속 70km로 서울 시내에서 달리는 자동차 속도와 비슷하다. 인류는 중앙과 지방, 지방과 지방을 연결하는 통신 수단을 갈망했다. 이 갈망이 역참(驛站, Road station)을 만들었는데, 말이 가진 속도가 없었다면 불가능했을 것이다. 그러고 보면 핸드폰의 조상은 아마도 역참이었을 것 같다. 동서고금을 막론하고 모든 왕조는 역참을 중시했는데, 페르시아와 몽고는 유난히 예민했다. 역참과 역참 사이를 달리는 말을 가로막는 자는 그 자리에서 처형할 정도였다. 내몽고를 여행할 때 걷는 말이 아닌 달리는 말이 타고 싶어 마부에게 스리슬쩍 웃돈을 주고 시도했다가 거의 죽을 뻔했다. 궁금하면 달리는 말을 타 보시라.

태어날 때부터 싸움꾼이었던 인류는 말을 전쟁 무기로 발전시켰다. 말의 체고(體高, height)는 평균 1.4m 정도 되는데, 여기에 사람의 앉은키를 더하면 2m가 넘는다. 땅에 있는 보병이 말 탄 기병을 상대한다는 건 골리앗과 싸우는 격이었다. 게다가 골리앗이 빠르기까지 하니 말해 뭐 하겠는가. 하물며 말은 전차이기도 했다. 질주하는 전차의 모습은 호메로스의 일리아드에 잘 묘사되어 있는데, 글로 실감이 나지 않는다면 영화 벤허를 보시라. 하물며 말은 세계 2차 대전까지도 전장에서 중요한 역할을 했다.

빨리 달리는 말과 빨리 날아가는 활이 만나서 탄도 미사일 같은 무기가 되었다. 파르티안 샷(Parthian shot)은 달리는 말위에서 몸을 돌려 후방을 향해 활을 쏘는 기법으로 난이도 별 다섯 개에 해당하는 신기술이었다. 사진에서 빨간 동그라미로 표시한 것이 파르티안 샷이다. 얼마나 대단하면 벽화에까지 새겼

겠는가. 이 기술은 말에서 두 발을 디딜 수 있는 '등자'가 있어서 가능했다. 누구나 말을 탈 수는 있었지만, 아무나 등자를 가지고 있었던 아니었다. 등자는 위대한 발명품이었다.

말은 기차가 상용화되면서 뒷방 늙은이처럼 뒤뚱뒤뚱 쇠락의 길로 들어섰다. 미국 서부 영화에 도적들이 말을 타고 기차를 쫓아가는 장면이 있는데, 이때까지만 해도 말은 기차와 막상막하였다. 이후 기차는 점차 속도를 개량했고, 반면에 말은 최대 속도 시속 70km에 그대로 머물러 있었다. 결국 기차가 말을 이겼다. 미국 얘기가 나온 김에 덧붙이면, 원래 신대륙에는 말이 멸종되고 없었다. 그럼 말 탄 인디언은 뭐냐고? 그들은 돈 되는 물건을 유럽인들에게 주고 말을 샀다. 인디언들은 얼굴이 하얀 유럽인들이 타고 다니는 동물이 무엇인지 처음에는 몰랐다. 고도로 발달했던 신대륙의 문명이 유럽인들에게 하루아침에 무너진 것은 총, 균, 쇠 거기에 더해 말이 있었기 때문이라고 제럴드 다이아몬드 씨가 단호하게 말했다.

말은 인류와 오랜 시간 함께했다. 그 친밀했던 관계가 언어에 고스란히 남아있다. 동물을 세는 단위는 마리이지만, 말에게는 필(匹)을 쓴다. 하마평(下馬評)이란 단어가 있는데, 말에서 내리는 하마장(下馬場, 지금의 주차장)에서 하인들이 상전에 대해 이런저런 평을 한 데서 유래했다. 힘의 단위는 마력(馬

力)이다. 가을이면 으레 등장하는 천고마비(天高馬肥)도 있다. 참, 천고마비는 좋은 의미가 아니다. 유목민이 겨울을 앞두고 농경민을 침략할 때 썼던 문장이 바로 천고마비였다. "하늘은 높고 말은 충분히 살쪘으니 가자, 약탈하러." 이게 천고마비의 뉘앙스다.

인류는 번성에 번성을 거듭하고 있는데, 그 곁에서 동고동락을 함께한 말은 서서히 사라지고 있다. 좋은 계절 가을에 뜬금없이 말이 생각나는 것은 왜일까? 커피집 창밖에는 겨울 냄새 슬쩍 묻힌 바람이 햇살 사이를 비집고 돌아다니느라 바쁘다. 보고 있자니 내가 열심히 달렸던 말이었나 싶기도 하고.

가을이면 으레 등장하는 천고마비도 있다. 참, 천고마비는 좋은 의미가 아니다. 유목민이 겨울을 앞두고 농경민을 침략할 때 썼던 문장이 바로 천고마비였다. "하늘은 높고 말은 충분히 살쪘으니 가자, 약탈하러." 이게 천고마비의 뉘앙스다.

사표를 날렸다. 글을 적는다.

30년차 직장인의 할 말은 하는 유머 에세이

발행일 2023년 2월 18일

지은이 | 박경식
펴낸이 | 마형민
기 획 | 윤재연
디자인 | 임수안
편 집 | 임수안
펴낸곳 | (주)페스트북
주 소 | 경기도 안양시 안양판교로 20
홈페이지 | festbook.co.kr

ISBN 979-11-6929-195-8 03810
값 15,500원

* (주)페스트북은 '작가중심주의'를 고수합니다. 누구나 인생의 새로운 챕터를 쓰도록 돕습니다. Creative@festbook.co.kr로 자신만의 목소리를 보내주세요.